KB069963

금
파

김해숙
장편소설

조선의 마지막 소리

금파

다선
책방

추천의 글

　불온한 삶을 살면서도 올곧게 자신의 길을 개척했던 대쪽 같은 소리꾼 금파. 소설을 읽는 내내 가슴이 먹먹했다. 오로지 소리 하나로 인생의 길을 찾고자 했던 금파는 '비가비'였던 승윤을 만나 진정한 사랑에 눈뜨게 되지만 그녀는 애써 마음을 접는다. 후일, 나비떨잠으로 연결되는 승윤과의 아릿한 풍경은 장터에서 확인되고 이어지는데……. 남녀를 떠나 진정한 소리꾼이 되고 싶었던 금파의 꿈은 시간의 강을 건넌 지금에도 유효하다. 한곳에 뜻을 두고 정진하는 사람들의 표상이 될 것이다. 소리꾼에 대한 작가의 깊은 시선이 '빛나는 예인이었던 금파'를 찾아낸 것 같다.

권비영, 『덕혜옹주』 저자

소리의 영과 한이 오롯이 살아나 한 편의 아름다운 가사가 되었다. 소리 하나로 최고의 자리에 올랐으나 다시 한번 소리를 위해 미련 없이 무대 밖으로 나온 허금파의 기구한 생을 따라가며 나는 새삼 놀랐다. 원하는 삶을 위해 세상에서 잊히는 것도 마다하지 않았던 금파가 우리 안에 결코 포기할 수 없는 염원을 돌아보게 하기 때문이다. 금파의 애절한 소리가 슬픔을 타고 올라 힘이 되어주니, 음악인으로서 이루 말할 수 없이 반가운 작품이다. 부디 내 소리도 금파의 소리처럼 어려운 삶을 살아가는 사람들에게 위로가 되고 희망이 되어주면 좋겠다.

송가인, 가수

프롤로그

　　　　　'소리광대는 주단 포목상과 같아서, 비단을 요구하는 사람에게는 비단을 주고, 무명을 달라는 사람에게는 무명을 주어야 한다.'

　원하는 사람에 따라 소리를 달리해야 한다는 말은 판소리의 대가 송만갑의 말이었으나 소리를 하는 사람이라면 누구나 지켜야 하는 도리 같은 거였다. 소리를 배우는 동안 숱하게 들었던 말이다. 목소리는 하늘에서 내려준 악기다. 악기를 다루는 것은 자신에게 달려 있었다. 기교가 넘치면 당장은 이름을 날릴 수 있으나 오래가지 못했다. 한 대목을 하더라도 듣는 사람을 위해 진심을 담아야 했다.

　노인은 두루마기를 곱게 차려입고 시전으로 가는 길이었다. 마음과 달리 걸음이 더뎠다. 지난번 쓰러진 뒤로 왼쪽 몸이 소나무처럼 뻣뻣하게 굳는 듯했다. 앞서 달려가던 손자 녀석이 자꾸 뒤돌아보며 노인을 재촉했다. 장날이라 그런지 멀리서부터 웅성거리는 소리가 들렸다. 아이는 엉덩이를 씰룩거리다가 엿장수의 가위질을 따라 했다. 가위 소리에 노인도 저절로 흥이 났다.

"할아버지, 빨리! 빨리 오세요."

"이 녀석아, 천천히 좀 가자."

"오늘은 어떤 소리를 해요?"

"네가 맞혀보렴."

"소리는 듣는 사람에 맞춰 불러야 한다고 말했으니 오늘은 무명이에요? 시장 사람들은 할아버지 소리를 좋아하잖아요. 할아버지도 그런 사람을 좋아하니까 무명옷을 입은 것처럼 부르실 거죠?"

"오냐, 오냐. 이제는 말을 안 해도 척척 알아듣는구나."

아이는 소리를 하면 제일 앞에 앉아 장단을 맞췄다. 며느리는 손자가 노인을 따라 나다니는 걸 싫어했다. 집안 명성에 어울리지 않게 시전 상인들과 어울린다며 노인을 타박했다. 노인은 그럴 때마다 헛기침을 두어 번 하며 못 들은척했다.

시전 입구에 들어서자 옹기장이가 꾸벅 인사를 했다. 그 옆에 있던 대장장이도 고개를 숙였다. 노인이 손을 들어 인사했다. 오랫동안 장터를 지킨 사람들이다. 노인이 나오는 날에는 소리를 들으려 일을 멈추곤 했다.

"어르신, 오늘은 저를 위해 소리를 해주십시오. 속이 답답해 죽을 지경입니다."

대장장이가 쇠망치를 두드리며 무심히 말했다. 오늘따라 망치를 두드리는 손길에 힘이 없다. 망치가 쇠가 아닌 모루에 부딪혔다. 헛손질하고 있는데도 심드렁했다.

"왜 그런가?"

"일본이 망했는데 아직도 시전을 휘젓고 다니는 일본 놈들이 있습니다. 제 속이 다 뭉그러졌는데 죽이지도 못하고 원통해 못 견디겠습니다."

"아직 순옥이 소식은 모르는가?"

"모릅니다. 자꾸 꿈에 나와서 속이 시커멓게 타버렸습니다. 일본으로 간 마님과 아드님은 소식이 있습니까?"

"잘 지내고 있다는구먼."

"남들은 잘 지낸다는 소식이라도 보내는데, 우리 순옥이는 뭐 하고 있는지 모르겠습니다. 나라를 되찾은 것은 아는지, 아니면 그것도 모른 채 어디 가서 죽어버렸는지 도통 알 수가 없습니다."

대장장이가 격양된 목소리로 말했다.

"그러게 말이네."

일본이 망했다. 기나긴 고통이 끝났다고 만세를 부르던 게 엊그제이다. 아직 마을에 남아 있는 일본인들은 떠날 기미가 없다. 대장장이의 큰딸 순옥은 일본으로 돈을 벌러 갔는데 소식이 없다. 그는 연락이 닿지 않는 딸을 기다리며 묵묵히 대장간을 지키고 있다. 애끓는 마음을 다스리기 위해 쇳덩이를 두드리고 있는지도 모른다.

노인은 최대한 자연스럽게 몸을 움직이려 노력했다. 소리꾼의 몸이 상했다는 걸 관객이 알게 되면 소리의 맛도 떨어진다. 예전만 못하더라도 죽는 순간까지 최고로 남고 싶었다. 그 소리를 위해 젊었을 때는 가문을 버렸다.

'비가비.'

노인 앞에 붙어 다니던 말이다. 양반 가문에서 소리꾼이 나왔다는 뜻이다. 아버지는 그 어떤 말도 들으려 하지 않았다. 불같이 화를 내며 바깥출입을 막았다. 그래도 담을 타고 밖으로 돌아다녔다. 형님은 집안 망신이라며 다시는 보지 않겠다고 했다. 그것도 모자라 하인들을 시켜 동리정사에서 행패를 부리기도 했다.

소리만 할 수 있다면 집안의 책망도, 혼사가 막히는 것도 모두 문제 되지 않았다. 노인을 안아준 사람은 어머니뿐이었다. 어머니는 낳아준 분은 아니었으나 형님과 똑같은 대우를 해주셨다. 아버지 몰래 숨겨두었던 돈을 내밀기도 했고 동리정사로 쌀을 보내주기도 했다. 까다로운 자식을 위해 사시사철 옷을 지어 보냈다. 노인은 어머니의 마음을 아프게 했다는 사실에 죄책감이 들었다.

노인은 고개를 가로저었다. 지난 일을 회상하면 소리하는 데 방해가 되었다. 마음이 흩어지니 소리가 모이질 못했다. 한 달 전에 동리정사에서 공연이 있었다. 그때도 지금처럼 딴생각이 들어 잠깐 소리를 놓쳤다. 한 번도 없었던 일이라 당황했다. 얼굴이 화끈 달아오르고 창피해서 견딜 수가 없었다. 또 그런 일이 생길까 봐 긴장되었다.

오늘은 돌아오지 않은 순옥을 위해 〈춘향가〉의 '옥중가'를 부를 예정이다. 그걸 부를 때면 늘 생각나는 여자가 있다. 그녀가 지켜보는 것 같아 소리할 때마다 손에 땀이 났다. 습관적으로 주변을 살피는 버릇까지 생겼다. 오랫동안 불러도 만족한 적이 없는 대목이다.

시전 입구에서 만난 대장장이의 심란한 얼굴만 아니었다면 절대 부르지 않을 생각이었다. 무대에 서는 순간 갑자기 그 곡이 떠올랐다. 달뜬 얼굴로 기대에 찬 손자 녀석이 눈을 찡긋했다. 손가락을 치켜세우며 최고라고 말했다. 사람들이 소리를 듣기 위해 조용히 하자 노인은 목을 가다듬었다.

탁! 탁!

소리가 끝났음을 알리는 북소리가 났다. 같은 대목을 벌써 몇 번째 다시 부르고 있다. 사람들은 오랜만에 소리하는 노인을 놓아주지 않았다. 중간중간 상인들이 주는 막걸리를 마셨더니 얼굴이 불콰해졌다. 오늘은 생각보다 소리가 잘 나왔다. 오롯이 노인의 것처럼 느껴졌다. 손자 녀석은 기다리다 지쳐 꾸벅꾸벅 졸았다. 북소리가 끝나자 눈을 동그랗게 뜨더니 노인을 보며 해맑게 웃었다.

사람들이 흩어졌다. 더 머물다 가라며 붙잡는 이도 있었으나 손자 때문에 일어섰다. 이번에도 손자가 앞서 뛰었다. 노인은 동리정사 쪽으로 걷고 싶었다. 소리를 할 때면 아직도 심장이 두근거렸다. 자신을 있게 해준 곳이라 읍내에 들를 때면 일부러라도 들러 상황을 살폈다.

손자는 시장 쪽으로 달렸다. 동리정사 쪽에서 기다리면 찾아올 것이다. 아주 어릴 적부터 시장에서 뛰어논 아이이니 길을 잃지 않을 테고, 길을 잃는다고 해도 노인의 손자인 걸 다 아니 아이를 붙잡아 두거나 데려올 것이다. 지난

달에 고뿔을 심하게 앓아서 한동안 바깥출입을 못 했다. 모
처럼 밖에 나왔으니 뛰어노는 시간도 필요했다.

느릿한 걸음으로 동리정사 앞에 이르렀다. 홍예문 앞에
누군가 서 있다. 쪽빛 한복을 곱게 차려입은 여인이었다. 백
발에 꽂힌 나비 떨잠이 눈에 띄었다. 햇빛에 은빛 날개가
반짝였다. 눈이 시렸다. 눈을 감았다 다시 뜨니 여인이 사라
졌다. 이상한 일이었다. 찰나의 순간에 사람이 사라진다는
게 믿을 수 없었다. 노인은 주위를 두리번거렸다. 사람들이
오갔으나 여인은 없었다. 쪽빛 한복을 입은 사람도 없었다.
노인은 눈을 비비고 한 번 더 주위를 살폈다. 아무리 다시
봐도 여인을 닮은 사람은 없었다.

홍예문 안으로 들어가려는데 뭔가 머리에 쿵 부딪혔다.
노인이 머리를 감싼 채 그대로 주저앉았다. 문 앞에서 고개
를 숙인다는 것을 잊었다. 머리가 뱅뱅 돌아서 일어날 수
없었다. 지체 높은 양반이나 소리로 이름을 날리는 사람도
홍예문을 드나들 때는 고개를 숙여야 했다. 늘 겸손하라는
신재효 스승의 의지였다. 그런데 여인 생각에 잠시 정신을
놓았다.

사랑방 끝에 다시 쪽빛 치마가 보였다. 노인은 천천히 일
어나 여인을 쫓았다. 뒷문으로 나가 여기저기 살폈다. 걸음

이 아무리 빠르다고 해도 바로 보이는 당산나무 쪽에는 있어야 했다. 헛것을 본 것 같았다. 다시 돌아와 툇마루 벽에 등을 기대고 숨을 골랐다. 쉬고 싶었다. 그러다 스르르 잠이 들었다.

노인은 나비를 쫓고 있었다. 나비가 움직일 때마다 은빛 가루가 흩날리는 듯했다. 손에 닿으려 하면 멀어지고, 금방이라도 잡힐 듯한데 쉽지 않았다. 일부러 노인을 놀리는 듯 거의 잡힐 때쯤 날갯짓을 했다. 그러면 그럴수록 안달이 났다. 끝내 잡지 못하고 나비가 날아가는 방향을 물끄러미 쳐다보았다.

누군가 노인을 깨웠다. 손자가 노인의 옷자락을 붙잡고 활짝 웃고 있었다.

"할아버지, 이제 집에 가요."

"그러자."

"제가 오다가 들은 이야기인데요. 오늘 누군가가 할아버지랑 똑같은 대목을 불렀대요."

"누가 그러든?"

"시장 사람들이요."

"그야, 그게 내 것은 아니니까 그럴 수도 있지."

"할아버지처럼 잘 불렀대요. 그런데 할머니였대요."

"누가?"

"소리하는 사람이요."

노인은 걸음을 멈췄다. 기분이 이상했다. 이 근처를 꿰고 있었다. 그렇지만 누가 불렀는지 생각나지 않았다. 물론 노인이 모르는 사람일 수도 있었다. 자꾸만 신경이 쓰이는 건 여인 때문이었다.

"아가, 오늘은 모양성 쪽 말고 아랫마을로 가보자. 누군지 확인해 보고 싶구나."

"지금쯤이면 사라졌을걸요?"

"가서 물어보면 되지."

"싫어요. 그냥 한 바퀴 돌다 집으로 가요. 졸려요."

손자가 연신 하품을 해댔다. 아이의 말이라 확신할 수 없었다. 오늘은 다른 날보다 무리했다. 머리를 다쳤고 그러다 보니 예민해져서 엿장수 가락처럼 정신이 사나웠다. 다음 장날에 와서 대장장이에게 물어보면 될 것이다. 노인은 손자의 손을 잡고 터벅터벅 걸어 집으로 돌아왔다.

대문으로 들어서자 며느리가 마당에서 서성이고 있었다. 손자를 보자마자 얼굴을 감싸 안으며 이마에 손을 얹었다. 다행히 열은 없는지 별말이 없다. 노인은 헛기침하며 사랑방으로 들어갔다. 큰 탈 없이 소리를 한 날이었는데도 무대를 망친 것처럼 기분이 이상했다. 같은 날 같은 대목을 불렀다는 여인이 머릿속을 떠나지 않았다.

창호지 문에 비친 달빛이 은은했다. 노인은 잠을 이루지 못했다. 몇 번이고 몸을 뒤척이다 잠을 포기하고 작은 촛불 하나를 켰다. 머리맡에 놓인 북채를 가져와 조심히 두드렸다.

춘향은 홀로 누어 낭군 생각 우는 말이, "야속한 우리 님은 한 번 이별 돌아간 후 내 생각을 잊었는가 몽중에도 아니 온다. 잠아, 오너라. 꿈아, 오렴으나. 꿈속에나 만나보자. 이팔 시절 젊은 몸이 내가 무슨 죄가 지중(至重)하여 옥중 고혼이 되단 말가. 나 죽기는 설지 않되 백발 노친은 뉘가 맡으며 우리 낭군 언제 보리."

언제 보리, 언제 보리.

노인의 손등에 눈물이 떨어졌다. 그제야 낮에 본 여인이 누구인지 확실해졌다. 40여 년 전에 헤어진 여인이었다. 어디로 갔는지 몰라 애가 탔었다.

여인은 키가 작고 얼굴도 작았다. 짙은 눈썹과 오뚝한 콧날, 붉은 입술이 멀리서도 눈에 띄었다. 항상 몸을 꼿꼿이 세우고 다녔다. 스승께 혼이 나도 큰 눈을 억실억실하게 뜨고 따져서 더 혼나기도 했다. 낮에 소리한 사람도 그 여인일 것이다. 그러자 오랫동안 묵혀놨던 이름이 떠올랐다.

"금파, 허금파!"

1.
달비를 태우다

　　"광대란 하난 것이 제일은 인물 치레, 둘째는 사설 치레, 그 지차 득음이요, 그 지차 너름새라. 광대가 되려면 인물이 고와야 하고, 작품의 사설이 훌륭해야 하고……."

　　"득음이라 하난 것은 오음을 분별하고, 육률을 변화하야, 오장의서 나난소래, 농낙하여 자아낼 제, 그도 또한 어렵구나. 신재효 어르신의 〈광대가〉의 한 대목입니다."

　　"계집이 건방지구나. 스승이 누구시더냐?"

　　"스승은 없습니다. 마음속 스승은 이곳을 세우신 분입니다. 어릴 적 우연히 신재효 어르신께 소리 잘한다는 말을 듣고 경상도에서 여기까지 왔습니다."

　　"정말이더냐?"

　　김세종은 신재효라는 말에 귀를 기울였다. 아직도 돌아

가신 스승님의 함자를 대며 찾아오는 사람이 많다. 신재효는 자신의 호를 따서 동리정사(桐里精舍)를 만들고 이곳에 들어오는 사람은 아무도 내치지 말라고 하였다. 그걸 아는 자들이 수시로 찾아왔다. 먹여주고 재워주면 소리를 하겠다던 처음과 달리 며칠 못 버티고 사라지는 이가 많았다.

"어르신께서는 이곳의 뼈대를 만드신 분이시죠. 저를 기억하지 못하십니까? 저는 조선이 대한제국으로 바뀐 해에 여기에 왔었습니다. 그때는 저를 내치셨습니다. 이번에는 절대 나갈 수 없습니다!"

여인의 목소리엔 흐트러짐이 없었다. 고개를 빳빳이 들고 커다란 눈으로 김세종을 바라보는 모습이 낯익었다. 김세종은 다시 한번 여인을 쳐다보며 말을 덧붙였다.

"내가 5년 전에 너를 왜 내쳤더냐?"

"그때 저는 어르신의 더늠인 천자 풀이를 했습니다. 천자 풀이는 누구도 어르신을 따라갈 수 없습니다."

자시생천 불언행사시 유유파창 하날 천(天)

축시생지 오행을 맡았으니 양생만물 따 지(地)

유현미묘 흑적색 비방현무 가물 현(玄)

이십팔숙 김목수화토 지정색의 누루 황(黃)

김세종은 피식 웃었다. 여인은 김세종식으로 그대로 외워 소리만 뱉어냈다. 그래서 내쳤었다. 여인의 목소리는 고왔으나 기교가 심했다. 글을 모르는 사람이 한자 풀이를 하는 것은 문제가 안 된다. 문제는 소리만 낼 뿐이지 그 안에 깃든 내용을 전혀 생각하지 않는 데 있었다.

"너는 그때나 지금이나 소리에만 집중하고 있다. 몇 년이 흘렀는데도 아직도 내가 널 내친 이유를 모르고 있으니 그만 돌아가거라."

"갈 수 없습니다. 어르신께서 중요히 여기시는 게 뭔지 알고 있습니다. 지금의 저는 인생사 희로애락을 다 표현할 줄 아니 이번에는 받아주셔야 합니다."

금파의 말에 김세종은 한동안 입을 열지 않았다. 거침없이 들어와 소리하게 해달라는 모습이 어린 시절의 진채선을 닮았다. 당찬 모습에 눈을 뗄 수 없었다.

"스승이 지은 〈광대가〉에 나오는 내용을 안다고 하니, 그 조건을 다 갖추었다고 생각하거든 다시 찾아오너라. 지금은 아니다. 아직 어설프고 소리에 맞지 않는 표정이 나온다."

김세종이 방 안으로 들어갔다. 금파는 예전에는 순순히

물러섰으나 이번은 아니었다. 지금이 아니면 다음은 없다. 금파는 소리방 쪽을 바라보며 〈광대가〉를 불렀다. 분명 안에서 다 듣고 있음에도 김세종은 나오지 않았다. 대신 집안 일꾼들이 몰려들었다.

"나는 오늘부터 여기서 살아야겠소. 방을 내어주시오."

"그런 것은 어르신이 결정하는 것이네. 나야 여기 식구들 밥만 해주는 사람인디 어떻게 그런 걸 결정한단 말인가?"

"아짐?"

"봉동댁이네."

"봉동댁은 힘도 없소? 그때는 물러갔으나 이번에는 죽어도 여기에서 죽겠소. 오늘부터 내가 봉동댁, 아니, 엄니를 도울 테니 나 좀 재워주시오."

"엄니? 난 자네 같은 사나운 여식은 낳은 적이 없네."

"그냥 내 엄니 헙시다! 지금이라도 낳았다고 하면 될 거 아니오."

"에구머니나! 나는 평생 혼자였네."

"그러지 말고 제가 엄니로 모실 테니 딸로 삼아주시오."

사람들이 히죽 웃었다. 늙은 여인은 난감해하며 자꾸 소 맷부리로 이마의 땀을 닦았다. 금파는 다시 한번 절대 나갈 수 없다고 고래고래 소리 질렀다.

"밥이나 먹소. 그렇게 소리 지른다고 스승님께서 나오지는 않을 걸세."

금파는 봉동댁을 따라 부엌으로 갔다. 봉동댁이 차려준 밥을 한 그릇 다 비웠다. 절대 물러설 수 없었다.

어릴 적부터 넉살 좋다는 소리를 많이 들었다. 하지만 남들에게 맞추려면 비위가 상했다. 소리만 아니라면 보지 않을 사람도 아무렇지 않게 웃으며 봤다. 낯선 곳으로 온 것도 소리 때문이다. 이곳에서 소리를 인정받는다면 후원도 받을 수 있고, 오래도록 머물 수도 있다. 떠돌아다니면서 소리하는 것은 지긋지긋했다. 간혹 치마 속으로 들어오는 손을 쳐내는 일도 더는 하고 싶지 않았다.

"밥그릇 다 비웠으면 얼른 집으로 가소. 부모님이 기다리겠네."

"없습니다."

"형제는?"

"없습니다."

"갈 곳은?"

"갈 곳도 없습니다."

"오메, 딱하네. 그간 어찌 지냈는가?"

"물 흐르는 대로 흐르면서 살았습니다. 그러니 저를 내보내지 마십시오."

금파는 눈물을 글썽였다. 최대한 봉동댁의 마음을 사야 했다. 그래도 몇 시간 동안 옆에서 금파를 보살핀 사람이다. 심성이 착해서 거짓말도 못 하고 내쫓지도 못할 것 같았다.

봉동댁이 금파의 등을 토닥였다. 자신의 신세와 비슷하다며 눈물을 흘렸다.

"울지 마세요. 운다고 해결되는 일은 없어요. 안 되면 무작정 버텨야 해요."

"자네가 참말로 내 딸이면 좋겠네. 가만있어 봐, 내가 어르신께 고해보겠네."

봉동댁이 부엌문을 열고 나섰다. 괜히 미안해졌다. 아니다. 이건 잘못된 일이 아니다. 금파는 금세 마음을 바꾸었다. 이곳에 있으면서 그녀를 어머니라 생각하고 돌봐드리면 된다. 금파의 눈물에 속아 안타깝게 생각하여 도와주려는 사람이다. 금파는 자기에게 잘해주는 사람에게 잘해주었고, 경계하며 나쁜 소문을 퍼뜨리는 사람은 절대 쳐다보지 않았다. 참을 수 없을 때는 곧바로 달려가 따졌다. 뺨을 맞는 한이 있더라도 잘못된 점은 짚어주어야 했다.

'독한 년!'

동리정사로 오기 전 마을에 이상한 소문이 돌았다. 금파가 반반한 얼굴 하나로 사람을 홀리고 다닌다고 했다. 조금만 꼬시면 금방이라도 몸을 줄 거라는 말도 들렸다. 그 말이 주 영감한테서 나왔다는 소리를 듣고 바로 찾아갔다. 사랑방에서 부인과 담소를 나누던 주 영감은 금파가 찾아왔다는 소리에 사색이 되었다. 금파는 주 영감을 외면한 채 부인 쪽을 바라보며 친절하게 웃었다. 부인은 당황한 눈빛이었으나 양반 가문 마님답게 미소로 화답했다.

자네, 왜, 왜 왔는가?

주 영감의 목소리가 파르르 떨렸다. 얼마 전 술자리에서 함께 있었던 사이였다. 금파 옆으로 와서 끈질기게 추근댔었다. 금파는 주 영감의 손목을 꽉 움켜쥐고 탁자에 올려놓았다. 탁! 주변에 있던 사람들의 시선이 일제히 쏠렸다.

이 손으로는 술을 따르셔야죠! 제 치마는 제가 벗을 거니까 건드리지 마십시오!

아니, 이년이!

주 영감이 금파의 얼굴을 쳤다. 고개가 돌아갈 정도로 힘이 들어가 있었다. 금파는 얼얼한 뺨을 한 번 문지르고 주 영감을 향해 씩 웃었다.

이러고도 저를 감당하시겠습니까?

고약한 년!

다시 한번 손바닥이 날아들었다. 금파가 재빠르게 피했다. 주 영감의 손바닥이 허공에서 머물다가 몸과 함께 그대로 바닥으로 처박혔다. 상이 넘어지고 술자리는 아수라장이 되었다. 금파는 다소곳이 일어나 방문을 닫고 나왔다. 그게 마지막 일이었다. 그 뒤 주 영감은 보복이라도 하듯 금파에 대해 악의적인 소문을 냈다.

지난번에는 제가 무례했습니다. 그래서 용서를 빌러 왔습니다.

금파가 히죽 웃었다. 주 영감이 얼굴을 피했다. 부인은 호기심 어린 눈으로 금파와 주 영감을 번갈아 쳐다보았다. 금파에게 바투 다가와 작은 소리도 놓치지 않으려 했다. 긴장한 빛이 역력했는데도 미소를 잃지 않았다.

무슨 잘못이라고. 아무 일도 없었으니 얼른 가시게나.

그렇지요? 제가 잘못한 것은 아니지요?

당연하지. 이 사람아, 자네가 실수할 사람인가? 뭔가 오해한 것 같은데 얼른 가소.

치마 속을 뒤지는 인간들이 있어서 그날 무례하게 한 것이니 노여움을 푸십시오.

주 영감이 헛기침했다. 부인은 그제야 사태를 짐작했는지 주 영감의 팔을 꼬집었다. 주 영감이 금파의 등을 떠밀었다. 금파가 주 영감의 귓불에 대고 나직이 말했다.

양반 체면을 지키려면 다시는 건들지 마시라고요.

독한 년!

주 영감은 금파를 밀어내고 안으로 들어갔다. 문을 걸어 잠그는 소리가 요란했다.

이렇게라도 하지 않으면 살 수 없었다. 양반에게 대들었다고 맞아 죽는 것보다 자존심이 상하는 게 더 싫었다. 금파가 어떤 사내와 자든 그건 금파의 선택이었다. 하지도 않은 일을 했다고 하면 감당할 수 없었다. 작은 고을에서 나쁜 소문이 나면 소리하는 데도 문제가 생겼다. 자꾸만 소리를 듣는 게 아니라 몸을 달라는 사람이 생겼다. 거짓을 떠벌리는 사람에게는 본보기로 경고를 날려야 했다.

무슨 생각인지 며칠이 지나도 김세종은 금파를 찾지 않았다. 금파가 어슬렁거리자 간혹 눈치를 주는 사람도 있었고 잡일이라도 하라며 대놓고 애꿎은 소리를 하는 사람도 있었다. 금파는 못 들은 척 봉동댁이 차려준 밥을 먹고 낮

잠을 잤으며, 모양성 안으로 들어가 대나무 숲을 거닐기도 했다. 대나무 숲을 거닐 때면 산들바람이 불어왔다. 부드러움에 마음을 빼앗겨 몇 시간이고 팔을 벌려 바람을 맞고 들어왔다. 들피진 얼굴을 한 사람들이 힐끔거리기도 했다. 가뭄으로 흉년이 들어 굶주림에 시달린 사람들이었다. 금파는 춘향과 이 도령이 헤어지는 장면을 불렀다.

도련님 들으시오 이별이라 하는 것은
만날 날이 있거니와 제일(第一)에 큰 걱정이
잊을 망 자뿐이오니 부디부디 잊지 마오
도련님 주신 석경(石鏡) 심내사(心內事)를 알거니와
나 드린 옥지환(玉指環)도 깊은 뜻이 있사오니
구곡간장(九曲肝腸) 새긴 마음 부디부디 잊지 마오
애고애고 내 일이야 이제는 하릴없네

"허허, 구곡간장이 녹는구나. 그런데 녹다가 말겠구나. 소리에 멋이 잔뜩 들어 있어."
어디선가 두루마기를 곱게 걸친 젊은 사내가 나타났다. 금파는 소리를 멈추고 사내를 빤히 쳐다보았다. 강파르게 보였으나 말투는 점잖았다. 소리가 끊기자 사람들이 흩어졌다. 끝까지 마무리하지 못해 속상했다.

다른 남자와 여인 몇이 금파 앞을 서성였다. 나이 든 여인이 조심스레 물었다.

"계속해 주면 안 되시겠소?"

"오늘 소리는 끝입니다, 어르신. 나중에 또 불러드릴 테니 장날에 여기로 나오셔요."

"허허, 장사라도 하는 건가?"

"뉘십니까?"

금파가 발끈했다. 사내는 웃을 때마다 눈꼬리에 엷은 주름이 생겼다. 사내가 하는 말이 조롱으로 들렸다. 소리하는 중간에 끊은 게 분명 방해하려는 짓이다. 이럴 때는 먼저 화를 내면 안 되는데도 참지 못해 가슴에 불이 일었다. 사내는 그런 금파의 마음도 모른 채 계속 실실 웃었다. 사내가 불쑥 손을 내밀었다.

"이승윤이네. 저기 동리정사에서 소리를 하고 있지."

"그게 저랑 무슨 상관입니까?"

"네가 해주는 밥을 먹고 내가 소리를 한단 말이지. 그러니까 너 같은 여인은 이곳에서 소리를 하면 안 돼."

"방금 소리를 듣고도 그런 말을 하시오? 저기 노인 보시오. 좀 전에 내게 다가와 더 해달라고 하지 않았습니까?"

"노인이 소리의 진심을 어떻게 알아? 네 소리에는 기교가 너무 많아. 동편제는 말이야, 특별한 기교 없이도 목 하나로 사람을 울릴 수 있어야 해."

"그딴 거 필요 없소. 동편제니 서편제니 하는 것은 편을 나누는 것뿐이요. 아무리 이 고장이 동편제의 고장이라도 다른 곳의 소리도 인정해야 하는 거요!"

사내가 휑 돌아서서 걸었다. 아직 말이 끝나지도 않았는데 저 멀리 가고 있었다. 금파는 주변에 있는 돌멩이를 집어 들어 사내 쪽으로 던졌다. 연못에 풍덩 빠져서 작은 소용돌이를 일으켰다. 마음 같아서는 뒤통수에 던지고 싶었다.

'이승윤, 이승윤. 당신이 스스로 나를 찾도록 만들겠소.'

금파는 불편한 마음을 털고 대나무 숲을 내려왔다. 승윤 말고도 괜히 시비 거는 사람은 많았다. 같은 공간에 있는 사람과 군이 적이 될 필요는 없었다. 오히려 잘만 하면 도움을 받을 수도 있었다. 금파는 승윤의 뒤를 쫓으며 위아래로 훑었다. 강파르다고 생각했는데 꽤 다부졌다. 걸을 때 뒷짐을 진 손은 한 번도 들일을 하지 않은 손이었다. 품새를 보니 귀한 집 자식 같았다.

소리꾼 중에는 가끔 명문가를 버리고 온 사람들이 있다. 이들은 글을 잘 알기에 김세종처럼 소리를 하는 데도 천자 풀이를 하거나 어려운 표현을 썼다. 같은 소리를 해도 격이 다르다는 걸 보여주려 안달이었다. 걸쭉함 대신 품위 있는 소리를 들려줄 수 있어 이점이 많았다.

승윤이 길을 가다 멈췄다. 금파는 생각에 빠져 그가 멈춘 걸 보지 못했다. 쿵! 금파의 얼굴이 승윤의 어깨에 부딪혔다. 승윤이 버럭 화를 냈다.

"몸으로 나를 얻으려느냐?"

"병이 있소?"

"무슨 병? 네가 봐도 내 이렇게 건강하지 않으냐?"

"자신을 무지 사랑하여 정신이 나가는 병이요. 그러지 않고서야 몸 하나 부딪혔다고 사랑 타령을 한단 말이오?"

"사랑 타령이 아니라 진심을 묻는 것이니라."

피식 웃음이 났다. 좀 전까지 화가 났던 마음이 느슨해졌다. 승윤의 얼굴은 진지했다.

"소리를 하려거든 소리를 하고, 여인을 쫓으려면 여인을 쫓으시오. 소리하는 사람의 말이 너무 가볍소. 저기 보시오. 바람 같소."

승윤이 어이없다는 표정을 지었다. 이번에는 금파가 승윤을 두고 내려왔다. 심술궂은 승윤 때문에 다시 마음이 상했다. 마음이 이랬다저랬다 했다. 뛰어서 홍예문으로 왔다.

그런데 뛰다가 그만 문턱에 머리를 부딪히고 말았다.

"아얏!"

금파는 머리를 감싸 쥐었다. 승윤이 놀라 달려왔다. 창피한 마음에 얼굴이 붉어졌다. 하필이면 승윤에게 이런 모습을 들켜서 흥을 잡힌다고 생각하니 짜증이 몰렸다. 다른 이들도 괜찮냐고 물었다. 금파는 씩씩하게 일어나 안으로 들어갔다. 구토가 일 정도로 속이 울렁거렸다. 아무 일 없다는 듯 웃는 게 더는 힘들어졌다. 봉동댁이 금파를 나무랐다.

"항상 머리를 숙일 줄 아는 사람이 되어야지."

"그딴 게 어디 있어요? 잘나면 고개를 빳빳이 들고 다녀야지. 고개를 숙이면 더 숙이라고 하는 게 세상이에요."

금파는 이마에 난 혹을 손바닥으로 살살 문질렀다. 이게 다 승윤의 탓이라 생각했다. 분통이 터져서 누구라도 대신 탓할 사람이 필요했다. 봉동댁이 둥그런 밥상을 들고 들어왔다. 육전이 올라와 있었다. 금파는 전 하나를 입에 욱여넣었다. 오늘 또 누군가 양반들의 잔치에 나갔다 온 모양이다. 그런 날에는 먹을 걸 싸 왔고, 봉동댁이 남겨두었다가 주곤 했다.

"저녁 먹고 스승님이 건너오라신다."

"정말이요?"

"조용히 다녀와. 다른 사람 눈에 띄지 말고."

"당연하지요!"

금파는 남은 전을 다 욱여넣었다.

김세종이 불렀다. 동리정사를 나가든 남든 그건 나중 일이었다. 금파가 들어오고 나서 한 번도 불러준 적이 없었다. 얼굴을 보기도 힘들었다. 소리만 할 수 있다면 무슨 일이든 하겠다고 평소와 다르게 차분히 말할 것이다. 조금은 불쌍하고 서글프게 보여서 동정이라도 얻고 싶었다. 경대에 얼굴을 비춰봤다. 불쌍하지 않았다. 두 손바닥으로 얼굴을 만져보았다. 부드러웠고 탱탱했다. 큰 눈을 껌뻑였더니 눈동자가 더 맑아 보였다. 들피진 얼굴을 하려 해도 도통 어떻게 해야 할지 몰랐다.

"엄니, 내가 남을 것 같소? 떠날 것 같소?"

"남겠지. 그러려고 버티고 있는 거 아냐?"

"맞아요. 저는 남을 거예요, 반드시."

"예전에 너를 닮은 애가 있었지. 진채선이라고. 그 애도 너처럼 무조건 소리하겠다고 찾아왔단다."

"그런 말은 하지 말아요. 지겹게 들었고 앞으로도 지겹게 들을 테니. 누구든 처음은 빛나는 법이지요. 하지만 난 처음을 뛰어넘는 사람이 될 거요. 두고 봐요. 허금파로 진채선을 지울 테니. 그런데 여기 사람들은 왜 하나같이 진채선만 말하지?"

"그만큼 유명했으니까 그렇지. 너 같은 여자가 소리를 할 수 있는 것도 다 진채선 덕분이잖아."

"진채선이 없었다면 다른 이가 했을 거예요. 물론 누구나 인정하는 소리꾼이었으니 할 말은 없으나 무조건 그 사람만 받들면 나머지 사람들은 뭐가 되냐는 말이에요."

금파가 입술을 삐죽였다. 듣기 싫어도 들어야 했다. 진채선은 진채선이다. 숱하게 오르내리는 이름을 거부하는 것도 예의가 아니었다. 금파는 진채선을 뛰어넘는 사람이 되고 싶었다.

금파는 남이 시키는 대로만 하고 싶지 않았다. 소리꾼은 사람들이 원하는 소리를 줄 수 있어야 한다. 그러나 자신이 원하는 소리를 해서 듣는 사람들의 마음을 훔치면 그야말로 최고였다. 금파는 자신 있었다. 사람들을 웃기거나 울릴 수 있었다. 달빛처럼 은은한 소리도 냈다가 소름 돋게도 할 수 있었다.

많고 많은 재주를 어디서부터 설명해야 할지 망설여졌

다. 사람들은 지금이 아닌 과거를 물었다. 어디에서 나고 자랐고, 부모의 직업이 무엇인지, 가족 중 누군가 무당이 아닌지 물었다. 소리꾼 중에는 무당 집안 출신이 많다며 조상까지 들먹였다. 그런 것은 필요치 않았다. 지금도 어떻게 될지 모르는데 과거는 더더욱 쓸모없었다.

금파는 소리꾼 방 앞에서 헛기침을 두어 번 했다. 허리를 곧추세우고 방 안으로 들어섰다.

방 안은 온통 검은 벽지가 발라져 있었다. 신재효는 생각이 분산되는 것을 막기 위해 방 안을 검은색으로 칠했다고 들었다. 소문대로였다. 김세종은 십장생이 그려진 병풍 앞에 눈을 감고 앉아 있었다. 보료 옆에는 북 두 개가 있고 다른 것은 없었다. 금파는 은근히 긴장되었다. 분홍 치마폭을 넓게 펴서 최대한 꽃봉오리처럼 보이게 만들었다. 향낭을 쥐었다 폈다. 은은한 목련 향이 났다.

김세종은 금파가 바스락거리는 소리에도 눈을 뜨지 않았다. 일부러 눈을 감고 있었다. 눈을 뜨면 아무 말이나 불쑥, 불쑥 튀어나올 것 같았다. 사람은 태생을 속일 수 없다. 금파의 배포와 거침없는 말은 그만큼 걸어온 세월이 녹록하지 않았음을 보여줬다.

"어떤 대목을 불러 스승님의 마음을 사오리까?"

금파가 침묵을 깼다. 기다릴 수 없었다. 내침을 당하더라도 시도는 필요했다.

"소리는 그만두어라."

"소리꾼이란 걸 확인하려면 소리를 들어야 할 것 아닙니까?"

김세종은 또다시 침묵했다. 금파는 속내를 알 수 없어 답답했다. 김세종은 조선 제일가는 명창 중 한 명이었다. 판소리에 관한 해박한 지식으로 사람들을 평가했는데, 그의 말을 듣기 위해 소리꾼이 몰리기도 했다. 다른 명창 앞에서 그 어떤 사람도 소리에 대한 평가를 하지 못했으나, 유일하게 김세종은 좋고 나쁜 점을 분명하게 말했다. 그런 김세종이 금파에게 유독 말을 아꼈다.

"너를 지목하여 연희가 들어왔다."

"누구인지 모르겠으나 저는 연희에는 나가지 않습니다."

또박또박 힘주어 말했다. 예상하지 못한 말에 당황스러웠다. 애써 참고 있는데 심장이 너무 크게 뛰었다.

"지목했다는 것은 누군가 너의 소리를 듣고 싶어 한다는 이야기다. 그 사람은 이미 너의 소리를 들었고, 그 소리가 마음에 들어서 다시 부른 것이다. 그러니 난 너의 소리를 듣지 않아도 실력을 인정할 것이다."

"그런 식으로 인정하지 마십시오. 아직 제대로 된 소리를 들어보지 않으셨잖습니까?"

"주 영감이라고 아느냐? 옆 마을에 사는 분 말이다."

"그분이 저를 불렀습니까?"

"알고 있군."

"알고 있습니다. 그러나 저는 연희에 나가지 않겠습니다. 특히 주 영감이라면 더더욱 나가지 않겠습니다."

주 영감이 이런 식으로 복수할 수 있다는 생각은 미처 하지 못했다. 주 영감 집안은 이 일대에서 알아주는 명문가였다. 그걸 잊고 있었다. 사람들은 뒤에서는 사나운 짓을 하고 다니는 주 영감을 욕했다. 막상 주 영감 앞에서는 언제 그랬냐는 듯 들러붙어 술을 얻어 마시고 작은 관직이라도 얻을 요량으로 아부했다.

"주 영감은 우리 동리정사에 많은 돈을 내주고 있다. 스승께서 돌아가시고 후손들이 동리정사를 관리하고 있으나 그 명성은 예전만 못하다. 그걸 알고 소리꾼을 키우겠다고 도와주고 계신다."

금파는 입술을 꽉 깨물었다. 차라리 혀를 깨물고 죽고 싶었다. 그 사실은 몰랐다. 알았더라면 찾아가지 않았을 것이다. 두 번 다시는 볼 일이 없으리라 생각하고 그동안 뭉쳐

놓았던 억하심정을 쏟아냈다. 주위 담을 수도 없었다.

"네가 연희에 나가 인정을 받으면 이곳에 머물게 해줄 것이다."

"저는 연희에 나가지 않겠습니다. 공식적인 연희도 아니지 않습니까?"

"그동안 스승에게서 배운 소리를 가르쳐 주겠다. 또 나라에서 곧 소리광대를 모아 공연장을 만든다는데 네가 갈 수 있도록 힘을 써주겠다."

"스승님, 저는 멀리서 여기까지 소리 하나만 생각하고 많은 것을 버리고 왔습니다. 제발 소리하게 해주십시오."

"얼마나 많은 것을 버리고 왔는지 모르겠으나 버린 것을 제외한 모든 것을 얻을 기회를 놓치지 말아라. 자, 받아라. 달비다. 채선의 것이다."

"이것을 왜 주십니까?"

"연희에 나갈 때 달비로 머리를 꾸미고 가거라. 어찌 아느냐? 주 영감의 마음을 얻으면 이 일대에서는 제일가는 소리꾼이 될 수도 있을 것이다."

"연희도 달비도 싫습니다. 저는 제가 하고 싶은 것만 하겠습니다."

"강요는 않겠다. 강요한다고 해서 들을 너도 아니니. 그러나 생각은 해보라고 시간을 주는 게다. 네가 진정 원하는 것을 얻을 기회이니, 생각이 정해지면 다시 찾아오거라."

김세종이 눈을 감고 입술을 꽉 다물었다. 금파는 그런 김세종의 모습을 물끄러미 쳐다보았다. 김세종의 마음을 재어볼 수 없었다. 생각의 깊이를 가늠할 수도 없었다.

금파는 말없이 달비를 들고 밖으로 나왔다. 멀리 가지도 못하고 방 앞에 쪼그려 앉아 생각에 잠겼다. 오랜 고민 끝에 치맛자락을 툴툴 털고 일어섰다. 어쩔 수 없는 일이었다. 되돌리려 해도 그럴 수 없었다. 그렇다면 정면으로 부딪치는 방법밖에 없었다. 그렇게 정하고 나니 후련했다. 금파는 다시 소리꾼 방으로 들어갔다.

"가겠습니다."

"오늘은 늦었다. 내일 이야기하자."

"가겠다는 결론을 내렸으니 이미 이야기는 끝난 겁니다."

"천천히 생각해라. 내일이면 생각이 달라질 수 있다. 너는 너무 급한 게 탈이다. 그 성질만 죽이면 성공할 거다."

김세종은 갓을 벗고 자리에 누웠다. 호롱불도 꺼버렸다. 어둠과 적막이 금파의 등을 밀어냈다.

금파는 소리꾼 방을 나와 서성였다. 결론을 내고 싶었다. 달비에서 윤기가 흘렀다. 찔레 향이 났다. 진채선의 얼굴은 보지 못했으나 빼어난 아름다움이 눈앞에 그려졌다. 주 영감을 생각했다. 부인을 생각했다. 잔칫상이 엎어지면서 아수라장이 되었던 곳도 생각났다. 생각은 생각을 낳았고, 수백 개의 생각이 만들어지자 날이 샜다.

방문 앞을 서성이던 금파는 김세종이 기침하는 소리가 들리자마자 문을 열고 안으로 들어섰다. 김세종은 벌건 눈으로 들어선 금파를 당연하게 맞아들였다.

"가겠습니다."

"하루를 더 주겠다. 그러고도 생각이 바뀌지 않으면 보내주겠다. 절대 강요는 하지 않는다."

"지금 당장 결론을 내주십시오. 시간이 지체되면 저는 죽을 것 같습니다."

김세종은 밖으로 나갔다. 금파가 쫓아갔으나 더는 따라오지 말라는 손짓을 했다.

부슬부슬 비가 내렸다. 장마가 시작되었다. 금파는 소리꾼 방 앞에서 기다리다 지쳐 부엌으로 갔다. 봉동댁이 퀭한 눈으로 금파를 쏘아보았다.

"어르신 방에서 밤새 있었던 게냐?"

"차라리 그랬으면 좋겠소."

"못 하는 소리가 없네."

봉동댁이 아침밥을 지으려 아궁이에 불을 지폈다. 소나무 잔가지를 뚝뚝 끊어 넣었다. 불길이 확 일었다. 금파가 달비를 그 안으로 던졌다. 달비에 묶인 머리카락과 붉은 댕기가 사라지는 걸 보자 속이 시원했다.

"에구머니나, 그거 달비 아녀?"

"맞아요. 진채선 거래요."

"오메, 오메. 그런 귀한 것을 이렇게 태우면 쓰냐? 어르신이 알면 어쩌하려고."

"이런 것은 없어도 돼요."

금파는 아궁이 앞에 쭈그려 앉아 생각에 잠겼다. 솥단지가 끓고 뜸을 들이는 동안에도 생각에 잠겼다. 봉동댁이 금파를 피해 솥단지에서 밥을 펐다. 고슬고슬한 밥에서 뜨거운 김이 올라왔다.

"엄니, 내가 누군지 아시오?"

"내 딸이라면서?"

"여기까지 왔으니 살아남아야겠지요?"

"죽으러 가냐?"

"그래야 할 것 같아요. 죽어야 살 것 같아요."

"한 번 죽어서 오래 살 것 같으면 죽어야지."

"죽기 위해 달비를 태웠소. 나는 나요. 누구의 뒤를 밟지 않고 오롯이 나로 남을 거요.”

금파는 벌떡 일어나 홍예문을 나섰다.

처마 끝에 구름이 매달린 듯 보인다. 솟을대문이 높게 서 있다. 금파와 고수가 왔음을 알리자 대문이 열렸다. 대문 안으로 넓은 마당이 보였다. 디딤돌이 끝없이 이어졌다. 끝에 다다르자 사랑채가 보였다. 회혼례(回婚禮)를 치르기에는 집 안이 너무 조용했다. 마중 나온 하인이 사랑채가 아닌 안채로 안내했다. 금파의 소리만 듣겠다고 해서 둘이 왔다. 악사와 춤꾼들은 오지 않았다. 흔한 일은 아니었다.

하인이 안내한 곳은 안채에서도 가장 안쪽에 있는 방이었다. 안주인이 살기에는 너무 외졌다. 담과 마당의 응달진 곳에 이끼가 꼈다. 습한 기운이 확 올라왔다. 금파는 주위를 살폈다. 담 뒤로 대나무 숲이 있었다. 소리를 하면 바깥채까지 들리지 않을 것 같았다. 누군가가 애써 찾지 않으면 이런 방이 있는지도 모를 것 같았다. 고수가 불안한 듯 서성였다. 그러고는 볼일이 있다며 하인을 따라 다시 바깥으로 나갔다.

댓돌에는 남자 신발 세 켤레가 나란히 놓여 있었다. 고수도 한패가 되어 의도적으로 자리를 피했다. 굳이 이곳으로 부른 연유를 짐작할 수 있었다. 남실바람이 불었다. 댓잎이 사각거렸다.

금파는 평소와 다르게 부드럽게 방문을 열었다. 주 영감과 그의 벗들이 술상을 마주 보고 앉아 있었다. 다들 거나하게 취해 있었다. 주 영감은 금파가 올 줄 알고 있으면서도 놀란 표정이었고 다른 두 사람은 호기심이 가득한 표정이었다. 금파는 큰절을 올렸다. 세 사람에게 술을 한 잔씩 따라 주며 미소를 잃지 않았다. 죽일 듯 대들던 예전과는 달랐다. 주 영감의 손에 금파의 운명이 달려 있었다.

주 영감이 값비싼 보석을 엮어 만든 구슬갓끈을 만지며 능글맞은 표정으로 금파를 위아래로 훑었다.

"주 영감님, 회혼례를 축하드립니다. 안방마님과 60년 넘게 함께하시는 모습이 본보기가 됩니다."

"그러느냐?"

"당연하지요."

"네 서방은? 너는 서방하고 산 지가 얼마가 되었느냐?"

"제가 어찌 평범한 여인처럼 서방을 만나겠습니까? 혼자 먹고살기도 힘듭니다."

"먹고살기가 힘들다? 그렇다면 내가 거둘까? 아님, 저기

이 영감이나 박 영감을 따라갈래?"

셋이 히죽 웃었다. 금파도 따라 웃었다. 금파는 술을 들이켰다. 맑은 정신으로는 상대할 수 없었다. 주 영감이 말없이 술을 따라주었다. 금파는 또 마셨다. 박 영감이 따라주었다. 그것도 다 마셨다. 셋의 얼굴이 일그러졌다. 머리가 빙빙 도는 것 같았다. 술기운이 올라와 뺨이 붉어졌다. 금파 얼굴에 복사꽃이 피었다.

"회혼례라 하시면 식에 맞게 자식을 불러 술을 따르게 하시고 부인과 마주 앉아 절을 받으셔야지요. 듣자 하니 이 댁은 자식 복도 많아 장성한 아들이 많다고 들었습니다."

"자손 대대로 명문가 집안에 자식들까지 잘되었으니 잔치가 컸지 않겠느냐? 그런 것은 이미 했느니라. 나는 너의 소리를 듣고 싶어 불렀다."

"회혼례에 맞는 소리를 해드릴까요? 아니면 이년이 부르고 싶은 대목을 부를까요?"

"네가 들려주고 싶은 걸 들려주어라."

금파가 벌떡 일어나 합죽선을 탁탁 쳤다. 손바닥을 북 삼아 장단을 맞췄다.

토끼가 제 인물에 하 감사한 말이어든 제 소견도 의심하여, "어떻기에 내 형용이 곰보다도 나으며 표범보다도 나을 테요?" 주부가 대답하되, "곰의 몸이 비록 크나 눈이 적고 털이 덮여 태양 정기 부족하니 미련하여 못 쓸 테요, 범이 비록 용맹하나 코 자릅고 줄기 없어 승악이 저함(低陷)하니 단명(短命)하여 못 쓸 테요, 선생의 기상 보니 치세지능신(治世之能臣)이오 난세지간웅(亂世之奸雄)이라."

일부러 〈토별가〉 중 주부가 토끼를 꾀는 장면을 골랐다. 주 영감이 술을 권하며 옆으로 오라는 손짓을 했다. 금파는 망설임 없이 옆으로 갔다. 주 영감이 옷고름에 손을 댔다. 금파는 아예 저고리를 벗기 좋게 몸을 맡겼다. 금파는 치마에 있는 끈을 풀었다. 갑자기 속곳 차림이 되었다. 봉긋한 가슴이 슬며시 드러났다.

"분명하게 말씀드리오나 저는 몸을 파는 년이 아니라 소리하는 년입니다."

"기생 주제에 말이 많구나!"

"어엿한 소리꾼으로 인정해 주셔야 합니다."

"한성에서 곧 신식 공연장을 만든다지. 전국 팔도에 내로라하는 소리꾼들은 다 모은다고 하더라. 새로운 창극 시대가 열린다고 하니 잘만 하면 그곳에서 최고가 되고 조선 제일가는 소리꾼이 될 기회가 생기는 거지."

"가고 싶습니다."

주 영감이 얼굴을 들이밀었다. 귓불에 혀가 닿았다. 이끼
냄새가 났다. 금파의 몸이 꼿꼿하게 굳었다. 금파는 피하는
대신 주 영감의 손을 잡고 제 가슴에 댔다. 주 영감이 살며
시 손을 뺐다.

"이렇게 사람들이 있는데도 나를 꾀려 하는구나. 그게 천
한 것들의 특징이지."

"꾀면 넘어오시겠습니까?"

"멍청한 토끼처럼 네게 속아 넘어가면 내 후처가 되련?"

"농담이 지나치십니다."

훅, 뺨에 솥뚜껑만 한 손바닥이 날아들었다.

"이것은 지난번에 네년이 부인 앞에서 망신을 준 대가다!
네 덕분에 부인한테 시달린 걸 생각하면 이것으로 모자란
다."

훅, 뺨에 솥뚜껑만 한 손바닥이 또 날아들었다.

"이것은 지난번에 네년이 사람들 앞에서 망신을 준 대가
다!"

고개가 저절로 아래로 떨어졌다. 박 영감과 다른 이가 주
영감이 때리게 좋게 금파의 얼굴을 잡았다. 얼굴이 상하면

오래간다. 소문이 날 것이다. 금파는 손바닥을 펼쳐 얼굴을 감싸 안았다. 뜨끈한 게 손바닥에 묻었다. 코피였다. 금파는 눈을 감았다.

뒤이어 상을 뒤엎는 소리가 들려왔다. 차려진 음식이 와르르 쏟아졌다. 금파는 눈을 떴다. 부은 눈 때문에 잘 보이지 않았다. 흐릿한 형체가 씩씩거리며 서 있었다. 김세종과 승윤이었다.

"영감! 정녕 이러시렵니까? 이 아이는 절대 건드리면 안 된다고 하지 않았습니까?"

"그년이 그년이지. 저년이 다른 년하고 다를 게 뭐가 있어?"

"세상이 변했습니다. 예전처럼 아무나 불러서 술을 따르게 할 수 없습니다!"

"세상이 변했다고 저것들의 출신도 변하던가?"

"아무나 부를 수 있는 아이가 아닙니다. 실력을 인정하고 걸맞은 대접을 해주셔야 합니다. 그래야 제대로 된 소리를 들을 수 있습니다."

주 영감의 볼멘소리가 잦아들었다. 지켜보던 이들은 서둘러 방을 나섰다. 이 영감은 나가면서도 승윤을 매섭게 쏘아보았다. 김세종은 상을 거칠게 밀치며 화를 냈다. 그사이 승윤은 금파를 감싸 안았다. 금파는 승윤의 손길을 뿌리치고 바닥에 떨어진 옷을 주워 입었다. 얼굴이 화끈거렸다. 넷 사이에 적막이 흘렀다.

수에 밀린 주 영감이 헛기침했다. 김세종이 나서면 안 되는 자리였다. 맞아 죽어도 한성으로 갈 기회를 얻어야 했다. 죽이지는 않을 거였고, 죽을 듯이 때리면 그걸 구실로 주 영감을 회유할 수 있었다.

"자네가 감히 나한테 이러긴가? 이러고도 무사할 줄 아는가? 지금 당장이라도 내가 돈을 내지 않으면 동리정사가 힘들지 않은가?"

"힘들어도 영감의 도움을 받지 않겠습니다!"

김세종의 목소리는 단호했다. 주 영감이 움찔했다.

"내 돈이 필요 없다고? 정말 그런가? 그렇다면 이제껏 내가 준 돈을 돌려주시게!"

"필요합니다. 필요하지요. 그렇지만 우리 집 식구들을 이렇게 박대하신다면 영감이 주최하는 연희에는 절대 사람을 보내지 않겠습니다."

"밖에 누구 없느냐?"

주 영감이 하인을 불렀다. 남실바람이 건들바람으로 바뀌면서 목소리까지 삼켜버렸다. 아무리 불러도 하인은 오지 않았다.

　금파는 조용히 문을 닫고 나왔다. 승윤이 뒤따라 나왔다. 둘은 아무 말 없이 길을 나섰다. 대문 입구에서 고수가 불안한 듯 서성였다. 마당에 여러 명의 하인이 서 있었다. 누구 하나 주 영감에게 달려가는 이는 없었다. 곧이어 김세종이 나왔다. 그제야 하인들이 움직였다. 늙은 아낙네가 금파 손에 먹거리를 들려주었다.

　비가 올 것 같았다. 폭풍우가 몰아칠 듯 바람이 거셌다. 승윤은 금파 옆에 바짝 붙어 따라왔다. 김세종이 앞장섰다. 셋은 각자 생각에 잠겼다. 금파는 김세종에게 묻고 싶은 게 많았다. 입술을 꽉 깨물었다. 얼굴이 부었는지 화끈거렸다. 승윤이 금파 손에 들린 바구니를 대신 들어주었다. 아무 말도 하지 않는 두 사람이 고마웠다. 폭풍우가 쏟아졌다. 금파는 그제야 모아놓았던 눈물을 쏟아냈다.

　일행이 허깨비 같은 모습으로 들어서자 봉동댁이 놀라서 뛰쳐나왔다. 승윤은 봉동댁에게 바구니를 넘긴 다음 사라졌다. 김세종도 아무런 말 없이 소리꾼 방으로 갔다. 금파는 눕자마자 쓰러져 잠들었다.

　창호지 문에 달빛이 환했다. 금파가 실눈을 뜨고 방 안을 살폈다. 푹 잔 것 같은데도 아직 밤이었다. 봉동댁이 소반에

육전을 가지고 왔다. 다른 때 같으면 잽싸게 손으로 집어 먹었을 텐데 먹을 수가 없었다.

"먹어. 이틀을 죽은 듯 잤으니 배가 고플 거여."

"다시는 잔치 음식을 먹지 않을 거예요."

"오메, 이런 음식이 얼마나 맛있다고. 우리가 어디 육전을 먹을 처지여? 지난번에는 그렇게 맛있게 먹어놓고는 웬일이여?"

"스승님은?"

"무슨 일이 있었는지 몰라도 다른 애들한테도 절대 연희에 나가지 말라고 하신다. 이미 약조된 연희도 다 취소하신다더라. 이러다 우리가 굶어 죽는 거 아닌지 몰라."

금파는 일어나 몸을 단장했다. 푹 자서 그런지 몸이 가뿐했으나 마음은 천근만근이었다.

길을 나서려던 김세종이 금파를 찾았다. 금파의 얼굴은 걱정했던 것보다 괜찮았다.

"스승님, 어쩌시렵니까?"

"다 같이 죽는 거지."

"이곳은 어찌 되겠습니까. 이러시면 안 됩니다."

"너도 그러면 안 되었다. 소리를 하기 위해 자존심을 팔면 너의 소리도 그 마음을 알아버린다. 돈만큼만 소리를 내는 게 소리꾼은 아니지."

"한 번도 제 소리를 듣지 않으셨잖습니까? 스승님께서 소리를 듣고 인정해 주셨다면 제가 굳이 그렇게 갈 일도 아니었습니다."

"네가 모양성 대숲에서 소리할 때 바람이 전해주었다. 세간에서 들을 수 없는 소리였다."

금파의 귀에서 사각거리는 소리가 들리는 듯했다. 그런 줄도 모르고 스승을 원망했었다. 일을 키워 결국에는 이 지경까지 와버렸다. 동리정사의 모든 소리까지도 멈추게 해버렸다. 고개를 들 수 없었다.

"호접몽! 네 소리는 나비가 나비인 듯하기도 하고 아닌 듯하기도 하다. 마치 꿈을 꾸듯, 귀신을 만난 듯 사람을 홀리는 소리다. 소리에 맞는 너름새만 넣는다면 창극에 꼭 맞는 인물이 될 거다. 소리굴로 들어가라. 백일 공부를 하고 나면 그때는 어떻게든 결론이 나 있겠지."

"제가 주 영감을 찾아뵙고 빌 것입니다."

주 영감을 협박해서라도 동리정사를 살려야 했다. 만나주지 않는다면 주 영감의 부인을 찾아가야 했다. 목소리를 높여 그날의 일을 말해야 했다. 오랫동안 쌓아온 탑이 무너지게 둘 수 없었다. 모든 걸 버린다 해도 동리정사는 지켜야 했다.

"주 영감을 찾아가면 다시는 너를 보지 않을 것이다. 두고 보거라. 우리는 절대 망하지 않는다. 이곳을 세운 스승님께서는 그리 호락호락하지 않으셨다. 스승님이 살아계셨다고 해도 나처럼 하셨을 것이다."

마음이 무거웠으나 김세종의 말을 따라야 했다. 아니 믿어야 했다. 죄책감은 깊이 묻어두어야 했다.

마당에 있는 연못 옆에 서서 물에 비친 모습을 쳐다보았다. 근심 걱정이 가득했으나 얼굴빛만은 가을 하늘을 닮았다. 누군가 돌을 던졌다. 얼굴에 물이 튀었다. 소매로 얼굴을 닦고 소란의 주인공을 찾았다. 승윤이 해맑게 웃고 있었다.

2.
귀성鬼聲으로 울고 웃게 하고

동편에 문관 서고, 서편에 무관 서서 양반을 구
별하여 일자로 들어올 제, 좌승상 거북, 우승상 잉어, 이부상서
농어, 우부상서 방어, 예부상서 문어, 병부상서 수어, 형부상서
준어, 공부상서 민어, 한림학사 깔따구, 간의대부 물치, 백의재
상 쏘가리, 금자광록 금치

신재효 스승께서 정리한 〈토별가〉를 불렀다. 소리굴 탓
에 제대로 된 소리가 나오지 않았다. 예전부터 밀폐된 공간
에 들어서면 이상하게 숨이 막히고 머리가 아팠다. 김세종
의 명령이라서 백 일 동안 갇혀 지내야 했다. 소리할 때마
다 울림소리 때문에 소름이 돋았다. 소리굴에 들어가 소리
하면 자기 소리를 들을 수 있어 좋다고 했다. 하지만 금파
는 소리굴에 들어가 소리하는 일이 견디기 힘들었다. 봉동

댁이 문을 열고 들어왔다.

"내가 등짝을 때려줄까? 수없이 연습해도 모자랄 판인디, 이렇게 쉬고 있으면 된다냐?"

"쉬지 않으면 나도 죽을 판이요. 엄니는 내가 죽으면 좋겠소?"

"썩을 년, 너 때문에 사달이 났는디 그런 말이 나오냐?"

"그래서 여기서 꼼짝 않고 있지."

"밥이나 먹어라. 내가 해줄 수 있는 게 없으니 배라도 채워 통통하게 살찌워서 너를 잡아먹기라도 해야겠다."

"엄니는 농담도 잘허요."

금파는 봉동댁의 가슴팍으로 몸을 들이밀었다.

"오메, 오메. 우세스럽게 이러지 말고 밥이나 먹어라. 스승님은 승윤 도령이랑 백일 공부 하러 문수사로 간다고 하더라."

"나는요?"

"너는 계집이 어디를 간다고 그래? 얌전하게 있어야지."

금파는 음흉하게 웃었다. 소리굴을 나와 소리꾼 방으로 달렸다. 이번 기회가 아니면 따라갈 수 없다. 승윤이 간다고 하니 질투가 나서 따라나서고 싶었다. 곰팡이 핀 소리굴이 아니라 산들바람이 부는 들판으로 나가고 싶었다. 확 트인 곳에서 소리하고 싶었다. 문수사로 올라가는 길에 붉게 물든 아기단풍도 보고 싶었다. 금파는 신발도 벗지 않고 마루로 올라 벌컥 문을 열었다. 김세종과 승윤이 놀라 동시에 쳐다보았다.

"아이고! 다시 들어오겠습니다."

금파는 문을 닫고 나가 댓돌에 신발을 벗어놓고 종종걸음으로 문을 두드렸다. 승윤이 문을 활짝 여는 바람에 금파와 거의 얼굴이 부딪칠 뻔했다.

"허허, 얌전하게 좀 다녀라. 그리고 왜 자꾸 내게 몸을 기대려느냐?"

승윤이 금파의 머리를 가볍게 쥐어박았다.

"쳇! 여전하구먼. 도령이 아니라 스승님께 볼일이 있으니 저리 가시오."

금파는 승윤을 밀치고 안으로 들어섰다. 김세종은 이미 외출복으로 갈아입은 상태였다. 바짓가랑이라도 붙들고 애원해야 했다. 이번 기회를 놓치면 백 일이 지나야 다시 얼굴을 볼 수 있을 것이다.

"저도 따라가게 해주세요."

"아직 네 벌이 다 끝나지 않았을 텐데?"

"벌은 거기 가서 받으면 되잖아요."

말끝에 바람이 들었다. 들뜬 마음에 말이 두둥실 떠다녔다. 지난번 일로 연희에 나가지 못하게 되어 한동안 힘들었다. 많은 사람을 먹여 살리려다 보니 끼니를 줄여야 했다. 여자들은 삯바느질을 했고 남정네들은 막일을 나서기도 했다. 금파가 지나갈 때마다 흘깃거리며 눈총을 주는 사람도 있었다. 금파에게 아무런 말을 하지 말라는 지시 때문에 다들 입만 쭉 내밀고 참고 있었다. 금파는 미안한 마음에 한동안 고개를 숙이고 다녔다.

시간이 지나자 무릎을 꿇은 쪽은 주 영감이었다. 동리정사에서 연희에 나서지 않으니 다른 곳에서 관기를 불러야 했다. 하지만 시원찮았다. 한 번 부를 때마다 돈을 더 주었고, 거리가 있어 오는 데도 시간이 오래 걸렸다. 신재효 스승이 살아계실 때부터 연희에 참여했으니 그 틀을 깨기도 쉽지 않았다. 연희 나갈 때면 같이 따라오는 악사들이나 음식을 해주던 여인네들까지 다 씨실과 날실처럼 엮여 있었다. 동리정사만 죽는 일은 아니었다.

"이번에는 남자들만 공부하러 간다. 그러니 소리굴에서 열심히 〈춘향가〉를 완창하도록 해라."

"알겠습니다. 대신 돌아오시면 내년 봄에는 꼭 저도 데려가 주십시오."

김세종과 승윤이 나섰다. 짐꾼들이 기다리고 있었다. 부러웠으나 따라나설 수 없었다. 지금 나서는 사람들은 특별한 대접을 받았다. 백일 공부를 마치면 창극 공연에 나갈 사람들이라고 했다. 거기에 끼고 싶었다. 주 영감의 방해만 아니었으면 저 틈에 낄 수도 있었다. 금파는 언젠가 기회가 찾아올 거라 믿었다. 고창에서 진채선 다음에 누가 판소리를 잘하냐 물으면 그건 허금파였다. 금파가 하는 말이 아니라 사람들이 하는 말이었다.

"오늘은 웬일이냐? 더 따지지 않느냐?"

승윤이 들릴 듯 말 듯 말했다. 금파는 대꾸하지 않았다. 금파는 승윤을 사내로 볼 수 없었다. 연이 닿은 것 같아 멀리해야 했다. 한성에 짓고 있다던 공연장으로 들어가야만 살 수 있었다. 다른 것은 스스로 금지했다. 그건 자신을 위한 일이고 상대를 위한 일이었다.

김세종과 사내들이 떠나자 동리정사는 한적해졌다. 다른 스승들은 김세종처럼 엄하지 않았다. 금파는 달빛을 불빛 삼아 모양성으로 나왔다. 봉동댁이 함께했다. 봉동댁은 귀찮다고 하면서 연신 하품을 해댔다. 그러면서도 밖으로 나섰을 때는 앞장서서 걸었다.

"이 동네는 옹기장이가 많이 나왔고, 저 동네는 대장장이가 많이 살아. 월평 마을 사람은 농사를 잘 짓고, 월곡에는 양조장이 있어 술꾼이 많아."

봉동댁은 오랫동안 이 근처에 살아서 아는 게 많았다. 사실 금파는 고창에 대해 잘 몰랐다. 여기에 와서 자리 잡을 때도 무조건 동리정사 근처로 왔다. 식구들은 읍에서 멀리 떨어진 노동 마을에 산다. 따로 떨어져 살자고 했다. 서로 모르는 척, 과거의 일을 다 지우고 쪽 찐 머리를 풀어 댕기를 묶어야 했다. 빨간 댕기만큼 그리움이 붉게 피어올랐다.

"승윤 도령은 어디서 오셨소? 우리랑은 달라 보이던데."

"멍석말이해서 실려 왔어. 소리한다고 집안에서 난리를 쳤구먼. 가문의 수치라고. 안쓰러워 죽겠어."

"안쓰럽긴. 사람이 태어나서 자기가 하고 싶은 일을 하는데 왜 안쓰러워요. 잘된 거지."

"나는 소리꾼의 심정을 모르겠다. 그런데 그 속도 안 시끄럽겠냐. 행여 마음에 두지 말아라. 스승이 제일 싫어하는 게 같은 소리꾼들이, 그것도 동리정사에서 사귀는 거다."

"관심 없어요. 그냥 나랑 대적할 사람이 그뿐이라는 생각이 들어서요."

"오메, 참말로 너는 인물이다. 스승님도 그러시더라. 니 소리는 사람이 아니라 귀신이 부르는 것처럼 오싹하다더라."

　김세종은 뭐든지 금파 마음대로 하도록 내버려 두었다. 김세종의 의중을 짐작할 수 없었다. 소리할 때도 내버려 두었다. 너름새 부분을 연습할 때도 물끄러미 쳐다만 봤다. 잘못한 지점이 있으면 금방 고칠 수 있었는데도 관여하지 않았다. 금파 스스로 터득하도록 시간을 주었다. 봉동댁은 소리를 잘하려면 건강부터 챙겨야 한다면서 좋은 것들을 골라 먹였다. 그건 김세종의 지시였는데 마치 자기가 챙긴 것처럼 생색을 냈다. 들통이 나도 능구렁이처럼 모른 척했다.

　"금파야, 너는 어디서 왔냐? 들리는 말로는 김천에서 왔다든디?"

　"어디서 그런 소문이 났소? 난 경상도에서 왔다고만 말했는디?"

　가슴이 두근거렸다. 아무리 생각해도 김천에서 왔다는 말을 한 적이 없다. 세상은 넓고도 좁았다. 지난번에는 김천에 있을 때부터 알던 무릇을 보았다. 홍예문 앞에 서 있는데 금파 쪽으로 고개를 돌리는 순간 심장이 터지는 줄 알았다. 금파는 다부진 무릇을 금방 알아보았다. 무릇은 금파가 있는 걸 모르는 것 같았다.

　'무릇은 꽃무릇이 곱게 핀 늦여름에 버려진 사람이다. 고

아라서 이리저리 떠돈다고 했는데 어떻게 여기까지 왔을까?'

밤 산책이 끝났으나 잠을 잘 수 없었다. 김천이라는 말과 함께 무릇이 떠올라 불안했다. 이곳으로 오면 다 잊히는 줄 알았다. 김천에서도 금파에게는 소리밖에 없었다. 그때로 돌아가 다시 선택할 기회를 준다고 해도 달라지지 않을 것이었다.

"내가 동리정사에서 밥 좀 먹었다. 신재효 스승부터 시작해서 지금의 스승까지. 아그들 가르치는디 그러더라. 소리하려면 도둑숨을 잘 쉬어야 한다고. 소리가 끊기면 안 되니까 몰래몰래 숨을 쉬어야 한다고. 금파도 도둑숨을 잘 쉬고, 행여 니가 등진 삶도 숨길 게 있으면 꽁꽁 숨겨두어라."

봉동댁이 지나가듯 말했다.

금파는 오래도록 잠을 이루지 못했다. 방문으로 스며든 달빛을 바라보았다. 벽을 바라보며 도둑 한숨을 쉬었다. 금파의 마음은 곁갈래로 갈라졌다. 아주 옛날 정식으로 소리하러 나설 때의 발걸음이 들리는 듯했다.

"진심이냐? 사람들에게 굽신대지 않으려 산속으로 왔는

데, 다시 밖으로 나가겠다고? 내 의중을 알면서도 한 마디 상의 없이 관기가 되겠다고?"

아버지는 분노에 차 있었다. 금파도 물러서지 않았다. 산속에서 평생 죽은 듯 살 수 없었다. 산속으로 들어와 화전민이 되어 세상과 단절하며 사는 것도 녹록지 않았다. 평생 아버지처럼 숯을 만들며 살 수 없었다. 천한 신분으로 산다 해도 허드렛일을 하며 살고 싶지는 않았다. 세상으로 나가고 싶었다. 손가락질을 받더라도 좋아하는 소리를 실컷 하고 싶었다. 속엣것을 다 꺼내놓고 후련하게 살고 싶었다.

아랫마을에서는 역병이 돌았다. 사람들은 구토와 설사를 반복했다. 역병이 옮는다는 이유로 아랫마을에 가지 않은 지도 오래되었다. 벌써 닷새째 늙은 호박을 푹푹 삶아 걸쭉하게 만든 다음 물을 잔뜩 부어 양을 부풀렸다. 하루에 한 끼만 먹어서 그런지 다들 힘이 없었다. 오라버니도 초점 잃은 눈동자로 금파를 쏘아봤다. 이미 결심이 선 금파를 말릴 수 없음을 잘 알았다.

"역병이 물러가거든 그때 생각해 보자."

"물러가기 전에 가야 해요. 지금이에요."

"세상 사람들이 다 굶어 죽고 병들어 죽는 판에 네가 가서 무엇을 하겠다고?"

"양반네들은 지금도 술을 마시고 즐길 거예요. 관기도 많이 없을 테니 이때 가는 게 오히려 더 나아요."

아버지가 말을 잇지 못했다. 금파도 더는 말하지 못했다. 빨라졌던 호흡이 차분히 가라앉을 때쯤 아버지가 한숨을 쉬며 나직이 말했다.

"내가 죽일 놈이다. 아랫마을에서 소리만 안 배웠더라면 니가 소리를 하겠다고 나서겠냐?"

"아버지에게서 물려받은 것 중 제일 좋은 게 소리예요. 그마저 없었으면 평생 원망하면서 살았을지 몰라요."

오랫동안 품은 말이었다. 자기 속에서 어떻게 그런 말이 나왔는지 알 수 없었다. 마을에 내려가 시장판을 돌 때면 양반네들은 힘들다고 말해도 동백기름처럼 낯빛이 반들반들했다. 아무리 노력해도 얻을 수 없는 삶이었다. 억울했다. 천하게 태어났다는 이유 하나만으로도 소리를 죽이며 살아야 한다는 생각에 진저리가 났다. 세상을 향해 가야금이 되고, 거문고가 되고, 북이 되고, 꽹과리가 되고, 징이 되고 싶었다. 세상에 울려 퍼져 천한 신분도 사람임을 드러내고 싶었다.

"죽으면 천한 신분을 끊을 수 있지. 우리 다 같이 죽어버릴까?"

어머니가 소나무 잔가지를 아궁이에 넣고 무심히 말했다. 팔과 다리에 소름이 돋았다. 삶에 대한 애정이 건조해서, 너무 건조해서 감정이 말라버렸다. 아버지는 아무 말도 하지 않고 지게를 지고 산으로 가버렸다. 오라버니가 곧 쓰러질 듯한 목소리로 금파를 나무랐다.

"나라의 문을 열고 왜나라와 강제로 조약을 맺은 지가 벌써 4년이 지났어. 세상이 바뀔 거야. 그때까지만 견디면 안 되겠어? 네 나이 이제 겨우 열다섯이야."

"아니, 이만하면 다 컸어. 저기 아랫동네 순화는 벌써 어매가 되었잖아."

"네가 원하는 세상이라는 게 조금만 참으면 올 수도 있잖아?"

"오겠지. 오는데, 난 기다릴 수 없어. 내가 원하는 세상은 내가 만들면 돼."

"미친년!"

"미치지 않고 세상을 어떻게 살아! 나도 미치지 않고 얌전하게 살고 싶다고. 그런데 주어진 조건이 이것밖에 안 된다고 어매처럼, 아버지처럼 살아?"

금파는 결연한 표정을 지었다. 결코 뜻을 굽히고 싶지 않았다. 밀리고 싶지 않았다. 꺾이고 싶지 않았다. 평생을 굽

주림에 시달리며 천한 대우를 받고 사느니 차라리 낭떠러지로 떨어지는 게 나았다.

역병이 조금은 진정되고 있으니 이레 안으로 떠날 것이다. 허락받지 못하고 떠난다 해도 이미 뜻을 전했으니 이해해 줄 것이다. 이해받지 못한다고 해도, 가족과 연이 끊긴다고 해도 어쩔 수 없는 일이다.

금파는 기다리는 동안 산속으로 들어갔다. 낭떠러지 밑에 소나무 한 그루가 있었다. 답답할 때면 소나무에 올라 하늘을 바라보곤 했다. 유일하게 아무런 방해를 받지 않는 곳이다. 소나무 위에 있으면 스치는 바람을 따라 소리를 흘려보냈다. 아무리 소리를 질러도 산속 깊은 곳에 방해할 사람은 없었다. 그러다 별빛이 내려앉고 이슬이 내리면 내려왔다. 그날그날의 소리가 자꾸만 폭포수처럼 샘솟았다. 다음 날이면 다시 차올랐다. 얼마든지 더 부를 수 있었다.

어디선가 은은하게 대금 소리가 났다. 깊은 산중에 사람이 있을 리 없었다. 오라비가 대금을 불 수 있었으나 소리가 달랐다. 오라비의 소리는 대나무 마디처럼 잘 나가다가 한 번씩 삐끗했다. 지금 들리는 소리는 잔잔한 바람 소리 같았다. 금파는 소나무에서 내려와 소리가 나는 쪽으로 달렸다.

소리는 집 쪽에서 났다. 산 중턱에서 집을 내려다봤다. 첩첩산중에 덩그러니 집 한 채밖에 없는데 낯선 이가 있었다. 그가 마당 옆 우물가에 앉아 대금을 불고 있었다. 아버지는 숯불 가마터를 왔다 갔다 했다. 어머니는 부엌에서 밥을 짓는 것 같았다. 굴뚝에서 오랜만에 연기가 피어올랐다.

"누구여?"

금파가 소리쳤다. 대금이 멈췄다. 금파 또래의 사내였다. 작지만 단단한 체구였다. 얼굴빛은 소나무 껍질처럼 어두웠다. 금파가 들어서자 동시에 모든 사람이 동작을 멈추었다.

"누구냐고!"

"저이를 따라가라. 네가 원하는 길로 데려다줄 거다."

사내가 난처한 표정을 지었다. 아버지는 애써 눈길을 피했다.

"네가 벌써 관아에 연락했다면서. 너를 데리러 왔단다."

"혼자서?"

금파는 혼란스러웠다. 이미 관아에 갔다 왔다는 말은 하지 않았었다. 얼마 전 마을로 내려가 관아에 들렀다. 막 부임한 사또가 금파를 반겼다. 금파는 사또를 찾아온 이유를 말했다. 사또는 망설임이 없었다. 금파의 소리를 듣지 않고도 무조건 들어오라고 말했다. 사람을 보낼 테니 기다리라고 했다. 그 말을 듣자마자 아버지를 졸랐다.

"딸자식 하나를 잃었다고 생각하련다. 앞으로 나는 딸이 없다. 네가 다시 돌아온다고 해도 받아들이지 않겠다."

"돌아오지 않을 거예요."

"지금이라도 생각이 바뀐다면 내가 사또를 찾아가서 무릎이라도 꿇을 것이다. 그래도 안 된다면 목숨이라도 내놓을 것이다. 이래도 가겠냐?"

"갈 거예요."

"가라! 이보게 무릇, 관아까지 잘 부탁하네. 바로 떠나버리게."

"대금을 잘 부는데 소리가 텅 비었소. 소리에 슬픔이 가득한데 그쪽 눈동자를 닮았소. 자, 앞장서시오."

금파가 사내의 등을 돌려 세웠다. 사내는 아버지께 인사를 하고 뒤돌아섰다.

"무릇, 자네만 믿네. 옆에서 조금이라도 도와주소."

"낯선 사내의 도움 따위는 필요하지 않아요. 도움받고 사는 인생은 갚아야 할 빚만 남은 인생이에요. 내 걱정은 돌돌 말아서 접어두세요. 내 꼭 돈을 벌어서 돌아올 거예요."

금파는 가던 길을 멈추고 뒤돌아서서 부모님께 큰절을 올렸다. 오라버니를 보지 못한 것이 아쉬웠다. 기다리고 싶었으나 곧 어둠이 내려앉았다. 더 어두워지기 전에 산을 내려가야 했다.

무릇은 익숙한 듯 금파를 지름길로 안내했다. 산에서 오래 산 사람만이 아는 길이었다. 금파가 모르는 길도 있었다. 무릇의 발걸음은 가벼웠고, 능선을 지나 오르막길을 오를 때도 일정했다. 서두르거나 지치거나 멈칫하는 기색도 없었다. 일정한 발걸음으로 금파가 뒤따라오는지를 계산하여 속도를 냈다가 줄였다. 금파는 무릇이 등 뒤에 걸친 대금을 쫓으며 뒤처지지 않도록 발끝에 힘을 줬다.

산에서 내려와 마을에 당도했을 때도 무릇은 멈추지 않았다. 금파는 갈증이 났다. 쉬고 싶었다. 관아가 가까워질수록 애가 탔다. 알 수 없는 불안이 들어앉아 심장이 멎을 것 같았다. 쉬자고 말하고 싶었다. 자존심 탓에 말할 수도 없어 숨만 헐떡댔다. 그래도 뒤돌아보지 않자 길거리에 멈춰 섰다. 무릇이 없어도 이제부터는 아는 길이다. 무릇이 한참을 갔다 되돌아왔다.

"조금만 더 가면 관아요. 여기에서는 쉴 수 없소."

"왜요? 아무리 사내라지만 너무 무심하지 않소? 집에서부터 여기까지 20리는 넘게 걸었을 텐데 조금 쉬었다 가도 되지 않소?"

"여기에서 쉬면 안 되오. 아직 역병이 끝나지 않았단 말이오. 여기 있다가 역병에 걸리기라도 한다면 그쪽이 원하는 소리도 못 하고 죽을 거요."

말이 끝나자마자 금파가 앞장섰다. 무엇보다 무서운 말은 그토록 원하는 소리를 할 수 없다는 거였다. 무릇이 뒤따라오며 주변을 살폈다. 행여 누군가 바랑을 뒤지기라도 하면 큰일이었다. 다들 굶주린 탓에 낯선 이가 들어서면 공격하기도 했다. 바랑 안에는 먹을 게 없었다. 대신 사또가 다른 지역 관아로 보내는 편지가 들어 있었다. 무릇은 발로 뛰며 소식을 전해주는 보장사였다. 이리저리 일거리를 찾아 걷고 또 걸었다. 특히 무릇은 다른 이들보다 발이 빨라 일거리가 밀려 있었다. 이번 일이 끝나면 곧 다른 지역으로 가야 했다.

무릇은 금파 아버지에게 금파를 무사히 관아로 데려다주겠다고 말했다. 지난번 금파 집 근처를 지날 때 덫에 걸린 적이 있었다. 발을 뺄수록 덫은 더 조였다. 발목에서 피가 흘렀다. 그때 지나가던 금파 아버지가 덫을 빼주었다. 어디선가 소리가 들렸다. 사람 소리가 아니라 귀신 소리 같았다. 등골이 오싹했다. 어르신은 소리가 들리지 않는 듯했다. 주먹밥 한 덩어리를 쥐여주며 마을로 가는 빠른 길도 알려주었다. 산속 외딴집으로 가서 금파를 데려오라는 일이 생겼을 때 가장 먼저 손을 들었다. 목숨을 구해준 어르신을 찾아뵙고 싶었다.

'귀신의 목소리, 금파, 금파.'

천상의 소리를 가진 금파가 안쓰러웠다. 미모 때문에 재주를 다 뽐내지도 못하고 꺾일 것 같았다. 집으로 돌아가라고 말하고 싶었다. 무릇은 흥얼거리며 걷는 금파의 뒷모습에 넋을 잃었다. 점점 관아가 가까워지고 있었다.

"잘 사시오. 나는 여기까지요. 어르신은 내가 관아 소속인 줄 아는데 나는 아무것도 아니요. 이리저리 세상을 떠돌며 일거리를 찾아다닙니다. 다시 이곳에 온다면 한 번은 들르겠소."

"잘 가시오."

금파가 아쉬운 듯 머뭇거리자 무릇이 잰걸음으로 모퉁이를 돌아 사라졌다.

금파는 교방 중에서도 골방에 처박혀 한없이 기다렸다. 곱게 화장한 기녀들의 웃음소리만 들릴 뿐 모든 소리가 차단될 만큼 외진 곳이었다. 밖에 나가 눈요기라도 하고 싶었다. 다른 아이들 무리에 섞여 춤도 배우고 정식으로 소리도 배우고 싶었다. 행수는 방 밖으로 나와서는 안 되고, 관아를 돌아다녀서도 안 된다고 했다. 특별한 이유는 없어 보였다. 아직 정식 소속이 되지 못했다. 성격이 괄괄하다고 소문이 나서, 누군가 말을 걸거나 허드렛일을 시키는 것도 조심스러워했다.

산속보다 밤이 늦게 찾아왔다. 밤은 길고 길었다. 낮은 느릿하게 움직이는 굼벵이 같아서 하루가 더디게 흘러갔다. 산속 생활은 새소리로 아침을 열고, 산짐승들의 그악한 울음소리로 저녁을 닫았다. 그 소리에 신경 쓰다 보니 귀가 민감해졌다. 귀에 있는 신경이 다 열려 작은 소리도 들을 수 있었다. 짐승의 울음소리를 듣고 배가 고파 우는지 교미를 위해 우는지 알 정도였다. 오라버니는 금파가 예민해서 그렇거나 이야기를 지어내는 것이라며 비웃었다. 하지만 분명하게 들렸다.

여기에서 들려오는 기녀들의 웃음소리는 이상하게도 멀리 있어도 잘 들렸다. 웃음소리와 함께 희미한 북소리가 들리면 저도 모르게 조심스레 따라 불렀다. 춤을 추는 대목이 나오면 춤을 췄다. 지극히 조심스럽게 퍼지는 소리는 호기심을 자극했다. 자시가 넘어도 소리는 멎지 않았다. 늦은

밤까지 이어지는 술자리면 적은 수만 남아 있을 것 같았다. 금파는 소리가 나지 않게 살며시 방문을 열었다. 보름달이 훤하게 비쳤다. 무더운 바람이 얼굴을 스쳤다. 텁텁한 입안처럼 기분 나빴다.

금파가 있는 데서 멀지 않은 곳에 희미한 불빛이 새어 나왔다. 문밖을 지키고 있던 하인들은 지루한지 하품만 해댔다. 금파는 돌담에 숨어 귀를 바짝 댔다. 시조를 부르는 목소리가 단아하고 품격 있었다. 여자 목소리인데도 힘이 있었고, 힘이 있는데도 부드러웠다. 금파의 소리는 힘은 있었으나 부드럽지 못했다. 판소리로 바뀌어 〈심청전〉의 대목에서는 주춤거렸다. 가까이 가면 갈수록 멀리서 듣던 소리와 달랐다. 마치 소나무 껍질처럼, 아무렇게나 쪼개진 장작처럼, 계곡 옆에 흐트러진 돌멩이처럼, 쇠와 쇠가 부딪치는 것처럼 투박하고 거칠었다. 가래가 들끓는 것처럼 목소리가 잠겨 맥이 끊겼다.

귀를 쫑긋하고 있는데 누군가가 금파의 어깨를 툭툭 쳤다. 금파가 고개를 돌리는 동시에 투박한 손이 입을 막았다. 쉿! 여인의 목소리에 취해 다른 소리를 듣지 못했다. 그만큼 금파는 소리에 빠져 있었다.

금파가 사내를 쳐다보았다. 무릇이었다. 몸에서 힘이 빠져나가고 금세 모란처럼 부드러워졌다. 무릇의 심장 뛰는 소리가 휘몰아쳤다. 두근거림 때문에 입을 막은 손가락도 같이 떨리는 듯했다. 금파의 얼굴이 붉어졌다. 단단한 근육을 가진 사내의 심장 소리를 처음 들었다. 무릇의 손이 풀렸다. 둘은 오래도록 서로를 쳐다보았다. 어둠 속이었으나 무릇의 얼굴도 붉어졌다는 걸 알 수 있었다.

"그러다 걸리면 경을 칠 텐데 왜 그러고 있소?"

"간 떨어질 뻔했잖아요."

"그렇게 작은 간을 어디에 두려고?"

"신경 쓰지 마시오. 그런데 어디 간다고 하지 않았소?"

"벌써 갔다 왔소."

두런두런 소리에 하인들이 불빛을 가까이 댔다. 둘은 얼른 주저앉아 돌담 밑으로 몸을 숨겼다. 그러는 사이 세상의 모든 소리가 멈췄다. 방 안에 금세 불이 꺼졌다. 마당의 불빛도 꺼졌다. 온 세상이 어둠으로 뒤덮였다. 무릇은 어느새 사라지고 없었다.

방 안으로 들어와서도 잠들지 못했다. 소리의 주인공이 누구인지 무척 궁금했다. 얼굴을 보고 싶었다. 금파의 소리는 날것이었다. 정식으로 공부를 해본 적이 없다. 아버지가 여름에 한가해지면 아랫마을에 가서 소리를 배워 왔다. 농사꾼들도 백로가 지나면 조금 한가했다. 그 틈을 타서 소리꾼 스승을 모시고 시정이나 당산나무 그늘에 앉아 종일 소리를 배웠다. 거나하게 취한 채 집으로 돌아오는 길에는 산 입구에서부터 마당으로 들어설 때까지 소리가 이어졌다.

금파야, 금파야. 아버지가 밉냐?

아니요.

누군들 이렇게 태어나서 자식들조차 천한 신분으로 만들고 싶었겠냐?

그런 말을 해서 뭐 해요. 바꿀 수도 없는데.

침묵이 이어지면 아버지는 괜히 소리를 했다. 산속이라 소리가 메아리가 되어 울려 퍼졌다. 40년 넘게 쌓인 설움이 연기처럼 피어올랐다. 거친 싸움꾼에 술꾼인 아버지가 순해지는 시간이었다. 금파는 아버지를 따라 어릴 적부터 뜻도 모르는 대목을 따라 했다.

금파는 여인의 존재가 궁금해서 잘 수가 없었다. 공들여 만든 소리가 투박하고 거칠게 변한 이유도 궁금했다. 금파는 날이 밝자마자 행수에게 달려갔다. 머리단장을 하고 있던 행수가 놀라 미간을 찌푸렸다.

"너는 새로 들어온 아이가 아니냐? 아직 생각할 게 많아 조용하게 지내라고 했는데 새벽부터 난리냐."

"죄송합니다. 하오나 궁금해 견딜 수가 없어서 무작정 찾아왔습니다."

"뭐가 그리 궁금한데? 궁금한 것도 참아야 하는 게 이곳 생활인 거 몰라?"

"모릅니다. 모르는 것은 차차 배우겠습니다."

"너는 말이 많구나. 여기서 귀찮게 굴면 무시당하니까 조심해."

"어젯밤에 소리한 사람은 누구입니까?"

"누구 말이냐? 어젯밤에는 다들 연희 나갔다가 피곤해서 일찍 잠들었어."

"분명히 들었어요. 시조창을 부르다 판소리를 부르는 소리 말이에요."

"얘가 실성을 했나? 자꾸 왜 이래? 당장 방으로 돌아가라. 사또 아시면 큰일이다. 사또가 네가 특별하다고 해서 궁리 중이다. 다른 아이들처럼 빚이 있어 온 것도 아니고, 몸을 팔러 온 것도 아니고, 소리 하나 하겠다고 스스로 관기가 되는 아이는 네가 처음이다."

"소리만 할 수 있다면 어떤 일이든 참을 수 있습니다. 지금은 어젯밤 여인이 누구인지 궁금해서 미칠 것 같습니다."

"여기는 소리만 하는 데가 아니야. 춤도 추고 술도 따르고 때로는 못 볼 꼴도 다 봐야 해."

행수가 귀찮다는 듯 나가라는 손짓을 했다. 그러다 돌아서 가려는 금파를 다시 불렀다.

"어젯밤 여인을 알고 싶으냐?"

"알고 싶습니다."

"알면 후회할 텐데."

"저는 후회 같은 것은 하지 않습니다. 누구입니까?"

"너의 나중 모습이다."

"무슨 말씀입니까? 저는 절대로 그렇게 늙지 않을 것입니다."

"기억해라. 울림통에서 소리를 다 뽑아내면 소나무 옹이 같은 투박한 소리를 낼 것이다. 자기의 몸을 다 태우면서 소리하다 사라지지. 사람들은 금방 너를 잊고 다른 사람을 찾을 것이다. 쉽게 버려지는 게 우리네 인생이다."

기, 억, 해, 라.

소리가 귀에 닿는 순간 가슴이 쿵 내려앉았다. 누군가 어깨를 짓누르고 자꾸만 자꾸만 밑으로 가라앉게 만드는 것 같았다. 금파는 고개를 저었다. 절대 흉한 꼴로 늙고 싶지 않았다. 퇴물이 되어 사라지고 싶지 않았다.

방으로 돌아온 금파는 앉지도 못하고 서성였다. 소리꾼

의 나중이라는 말 때문에 침을 꼴깍 삼켰다. 소리하며 늙어
간, 퇴물이 된 여자의 모습을 직접 보고 싶었다. 소리만큼
모습도 추한지 확인해 보고 싶었다. 무릇을 찾아야 했다. 무
릇이라면 금파의 편이 되어서 도와줄 수 있었다.

무릇은 관아의 심부름을 하는 사람이니 여기저기 마음대
로 드나들 수 있었다. 무릇과 같이 다니면 여자를 찾을 수
있을지도 몰랐다. 금파는 다시 방을 나서 행수의 방 근처에
서 서성였다. 빗자루로 마당을 쓸고 있는 노인에게 무릇에
관해 물었다. 모르는 사람이라고 했다. 다른 이에게 물었다.
그도 모르는 사람이라고 했다. 무릇이 귀신도 아니고 분명
여러 번 드나들었는데도 모른다고 했다.

"진짜 몰라요?"

"모른다니까. 키가 작고 단단하고 검은 피부에 잘 달리는
사람이 한둘이여? 봐, 저기. 저쪽에 있는 관졸들도 군복을
벗으면 다들 네가 말하는 사람과 비슷해. 안 그려?"

금파는 성의 없이 관졸들을 가리키는 노인의 빗자루 너머
를 쳐다보았다. 다들 비슷하게 생겼다. 무릇은 혼자 있을 때
는 모난 돌처럼 눈에 띄었으나 관졸들과 섞여 있으면 찾기
어려웠다. 무릇은 그런 사람이었다. 있는 듯 없는 듯한 사람.

3.
밟으면 밟을수록

장맛비가 내렸다. 금파는 툇마루에 앉아 빗방울을 쳐다보았다. 비가 오는 날에는 젖은 솜뭉치처럼 몸도 마음도 푹 가라앉았다. 동무들도 별다른 할 일 없이 시간을 보내고 있었다. 봉동댁은 텃밭에 나가 바구니 가득 부추를 베어 왔다. 메밀묵 가루에 반죽하더니 금세 전을 부쳐주었다. 모처럼 스승이 없는 날을 마음껏 즐겼다. 김세종이 없으니 다들 연습을 한다고 하지만 느슨해졌다.

"금파야, 아궁이에 불 좀 넣어라. 이렇게 눅눅한 날에는 여름이라도 불을 피우는 게 좋아. 혼자 있지 말고 동무들하고도 좀 어울리고."

"걱정하지 말아요. 내가 아무리 덜렁대도 그런 것쯤은 할 수 있어요."

봉동댁은 잠시 외출하는데도 잔소리가 많다. 본인에 관

해 물으면 입을 꽉 다문다. 터줏대감 같은 봉동댁을 모르는 이가 없다. 김세종조차 봉동댁을 누이처럼 의지했다. 아무리 화가 나도 봉동댁이 말리면 참았다. 누구에게나 어머니처럼 살뜰했다. 커다란 몸집으로 뒤뚱뒤뚱 걷다 숨이 차거나 당황하면 오메, 오메를 연발했다.

"오메, 얼른 갔다 오쇼."

"오메, 오메. 요것이 엄니를 놀리는 거여?"

봉동댁이 금파의 머리를 쥐어박았다. 그러고는 도롱이도 쓰지 않고 길을 나섰다. 유일한 말동무가 사라지니 심심했다. 곳곳에 동무들이 있었으나 그들과는 별다른 이야기를 하지 않았다. 인사치레하거나 그도 아니면 고개를 획 돌리고 얄밉게 사라지는 이도 있었다. 난데없이 동리정사에 눌러앉은 탓에 서먹서먹했다. 금파는 부러 먼저 알은체를 했다. 입꼬리를 하늘로 올려 활짝 웃으며 큰소리로 인사했다. 인사를 받건 말건 상관없었다. 존재감을 알리는 것에 만족했다.

금파는 아궁이에 장작을 넣어 불을 지폈다. 활활 타오르는 장작 덕분에 방 안은 뜨뜻했다. 소리굴이 아니라 아랫목에 앉아 북을 두드렸다.

목을 풀려는데 밖에서 문이 잠기는 소리가 들렸다. 누가

문을 잠갔는지 알 수 없다. 봉동댁이 외출한 틈을 탔다. 금파는 호흡 조절을 했다. 들숨과 날숨이 수십 번 오가는 동안 금파는 점점 안정을 찾았다. 상대가 원하는 대로 울고불고 살려달라고 소리치고 싶지 않았다. 비겁한 행동에 무릎을 꿇는 것은 죽기보다 싫었다.

방 안은 한여름의 습한 기운과 온돌에서 올라오는 열기로 찜통 같았다. 가슴골에 땀이 고였다. 금파는 문을 열라고 외치는 대신 아랫목에 앉아 소리를 하기 시작했다.

눈을 감고 북을 두드렸다. 폭포수가 떨어지고 나뭇잎이 살랑거리고 한 줌의 바람이 금파의 뺨을 부드럽게 스친다고 생각했다. 금파는 문수산에 있다고 생각했다. 맑고 맑은 하늘의 기운과 포슬포슬한 흙의 기운이 차올랐다. 몇 시간을 그렇게 앉아서 소리했다. 온몸의 구멍이 다 열려 눈물과 땀을 쏟아냈다. 얼굴이 터질 듯 빨개졌다. 손가락으로 누르면 그대로 터져버릴 것 같았다.

딸각.

문이 열렸다. 누군가 방문을 활짝 열어젖혔다. 서늘한 바람이 들어왔다. 눈을 떴더니 캄캄했다. 벌써 밤이 되었다. 희미한 불빛 속에 봉동댁의 얼굴이 드러났다. 분노와 슬픔과 원망이 섞인 눈빛으로 금파를 불렀다.

"금파야, 멍청한 거여? 아니면 가슴에 독이 많은 거여? 살고 싶으면 발버둥이라도 쳐서 나와야지. 당하고만 있어?"

금파는 대답 대신 가볍게 웃었다. 말할 기운조차 없었다.

"몇 시간째 갇혀 있었냐? 갇힌 동안 줄곧 소리를 했겠지. 하필이면 삼말댁 손녀가 열이 오를 게 뭐여."

"괜찮아. 이렇게 엄니가 나 구해줬잖아."

"이렇게 만든 년이 누구여?"

"어떻게 알아? 알면 찾아가서 쥐어뜯어 놓고 싶어."

"내가 뒤져볼까?"

"내버려 둬. 내가 미운가 보지."

"이상하네. 다들 저기 아랫마을에서 잔치가 있다고 놀러 갔었는디……."

"진짜야?"

"진짜지."

"치사하게 나만 따돌리고 갔네, 갔어. 그런데 문은 왜 잠그고 난리야?"

바짝 올랐던 독기가 아이의 울음처럼 빠져나갔다. 범인을 찾아서 분란을 일으키고 싶지 않았다. 처음 있는 일이라 당황스러웠다. 그동안 주변을 살피지 않았다. 그럴 여력이 없었다. 이른 시일 내에 김세종의 눈에 들어야 했다. 사사건

건 방해가 되는 주 영감과의 신경전도 만만찮았다. 동리정
사 안에 해코지할 동무는 널려 있었다. 갑자기 금파가 미친
듯이 웃었다.

봉동댁이 금파의 등짝을 때렸다. 금파가 봉동댁의 허리
를 껴안았다.

"엄니, 내가 미치지 않고는 못 살겠소."

"좋게 좋게 지내. 다들 동무 아니여."

"상대는 원하지 않나 봐."

"모른 척해. 대들지 말고 그냥 당해. 그러다 보면 불쌍해
서라도 봐주지 않겠냐?"

"아니. 난 절대 그러지 않을 거야. 싸워서 이길 거야. 그
런데 말이야, 난 정말 상대를 밀치고 싶지 않은데 그런 일
이 생길 것 같아. 내 욕심 때문에 알게 모르게 상대가 피해
를 보는 일 말이야."

"세상이 어찌 다 좋게만 돌아가겠냐."

보름달이 곱게 떴다. 온몸의 물기가 다 빠져나가서 그런
지 입이 바싹 탔다. 몸도 탔다. 마른 나뭇잎처럼 금방이라도
부서질 것 같았다. 한기가 들었다. 금파가 몸을 떨자 봉동댁
이 아랫목에 눕혀주었다. 아기를 재우듯 토닥이며 자장가를
불러주었다. 금파는 아기처럼 새근거리며 잠이 들었다. 봉

동댁의 한숨이 도둑숨처럼 삐져나왔다.

아, 아아, 아아아, 아아아아, 악악악악악!

소리가 나오지 않았다. 바늘 뭉치를 삼킨 것 같았다. 침을 삼키기도 힘들었다.

이제껏 아무리 소리를 해도 절대로 목이 쉬거나 아프지 않았다. 어릴 때부터 아무리 소리를 해도 목이 상하지 않아 타고난 목이라는 평을 얻기도 했다. 목에 수건을 둘러매거나 목에 좋다는 약초를 먹지 않아도 목을 아끼는 사람보다 나았다. 뜨거운 방에 갇혀 소리한 탓인 듯했다. 처음에는 목만 따끔거렸다. 목구멍에 길을 낸다고 오히려 밥을 더 먹었다. 이튿날에는 괜찮은 것 같더니 사흘째는 아예 목소리가 나오지 않았다.

봉동댁은 이것저것 목에 좋다는 약초들을 갖다주었다. 다 신통치 않았다. 이번에는 들기름을 내밀었다.

"한 숟가락만 먹어봐. 들기름이 미끌미끌하니 어떻게 아냐? 목이 반들반들해질지."

"진짜요?"

바람 빠진 것처럼 쉰 소리가 났다. 봉동댁이 숟가락에 들기름을 잔뜩 부었다. 금파는 단숨에 마셨다. 느끼한 들기름이 목구멍으로 넘어가자 안심이 되긴 했다.

"한 숟가락 더 줘."

"그럴까?"

들기름을 병째 다 들이켜고 싶었다. 들기름이 목구멍으로 들어가자 물컹한 핏덩어리를 삼키는 것처럼 기분 나빴다. 목구멍이 뜨거워지면서 자꾸만 입 안이 말랐다. 침도 나오지 않아 입 안 전체가 메말랐다. 속도 울렁거렸다. 자꾸 헛구역질이 났다.

그냥 넘길 일이었다. 목이 상하니 이상하게 그날 일이 자꾸 생각났다. 종일 관찰해도 누가 그랬는지 알 수 없었다. 사람을 속이고 태평하게 같이 소리 공부하고, 목욕하고, 박장대소하고, 나들이를 갈 수 있는 사람은 드물었다. 속인다고 해도 틈이 있기 마련이다. 그 틈을 엿보려는데 도대체 누군지 알 수 없었다. 금파를 대놓고 미워하거나 말하지 않아도 눈빛이나 행동으로 싫어한다는 걸 의도적으로 드러내 보이는 이도 몇몇은 있었다. 금파의 목이 상했다는 걸 알고는 다들 안쓰러워했다.

시간이 갈수록 목에 장작불을 지핀 것 같았다. 숨도 쩍쩍 갈라지는 것 같았다. 봉동댁은 오메를 연발하며 물을 가져다주었다. 물 한 동이는 다 먹은 것 같다. 그래도 갈증은 가시지 않았다. 괜히 구역질이 나서 마신 물을 도로 쏟아냈다.

네 목소리는 한낮에 내리는 소낙비다. 갑작스럽게 내려 사람들의 심장을 훔치고, 물러간 뒤에도 시원함 때문에 오래도록 남는 소리. 장맛비는 피해도 소낙비는 기다리지. 소리는 귀로 듣지만 마음을 훔쳐야 한다. 네 목소리는 너만의 고유한 세상이다.

김천에 살았을 때 잠깐 뵌 신재효 선생의 말을 떠올렸다. 금파는 심란한 날이나 소리가 잘 나오지 않는 날이면 언제나 선생의 말을 되새겼다. 신재효가 김천에 들렀을 때 그 모습을 잊을 수가 없었다. 소문으로만 듣고 흠모하던 분이었다. 대나무 같은 단호함에 눈을 뗄 수 없었다. 말 한마디 한마디를 놓칠 수 없었다. 많은 이 앞에서 소리하는 것보다 신재효 앞에서 소리하는 게 더 떨렸다. 눈에 들려고 얼마나 간절한 눈빛을 보냈는지 모른다. 사실 고창으로 온 것도 신재효를 잊지 못했기 때문이다.

지금은 금파만의 고유한 세상을 잃어버렸다. 물론 목소리는 시간이 지나면 다시 돌아올 것이다. 차분하게 시간이 가길 기다리면 된다. 머리로는 이해가 되는데 가슴은 조바심에 방망이질 쳤다. 그나마 김세종이 돌아오려면 아직 두어 달이 남아 있다. 김세종이 없으면 연희 나가는 것도 선택할 수가 있다. 몸이 안 좋다고 하면 그만이었다. 그런데도 자꾸만 불안이 스멀거렸다. 그날 일만 아니었으면 괜찮았을 거라는 생각이 들자 형체도 모르는 사람에게 원망이 들었다. 그냥 체면이고 뭐고 다 그만두고 문을 박차고 나갔으면 좋았을 거라는 후회까지 겹치자 미칠 것 같았다.

금파는 괜히 연못 근처를 서성였다. 방 안에서는 답답해서 미칠 것 같았다. 댓돌에 머리라도 박고 싶었다. 광견병에 걸린 개처럼 입에 거품을 물고 쓰러질 것 같았다. 목소리가 나오지 않으니 답답해서 가슴만 퍽퍽 쳤다. 동무들은 금파 곁에 오지 않았다. 자칫 눈에 거슬리게 되면 경을 칠 게 뻔했다. 봉동댁은 안쓰럽다며 혀를 끌끌 찼다. 들기름 때문에 더 사달이 난 것 같아 미안하다고 했다. 갑자기 승윤과 김세종이 홍예문으로 들어섰다. 금파는 놀라 뒷걸음질 쳤다.

"왜 묻지를 않느냐? 벌써 따져 물었을 텐데. 백일 공부를 반도 못 하고 돌아온 이유가 궁금하지 않으냐?"

'궁금해 미치겠습니다. 그러나 저는 물을 수가 없습니다.'

입술을 꽉 물고 입꼬리를 살짝 올렸다. 김세종의 말을 잘 듣고 있다는 표현을 했다. 숨에서라도 쉰 목소리가 새어 나오면 안 되었다. 망설이는데 봉동댁이 달려왔다. 과장되게 큰 소리로 둘을 맞았다.

"아이고, 스승님. 아직 공부가 안 끝났는디 어찌 빨리 오셨대요?"

"역시 봉동댁이 최고구먼. 일이 그렇게 됐네. 그동안 별일은 없었는가?"

"없었지요. 다들 스승님이 시킨 대로 소리 공부 열심히 하고 특히 금파는 소리굴에 들어가서 소리하느라 목이 쉬었어요. 이번 주까지만 쉬면 된다고 하니 걱정 마세요."

김세종과 승윤이 동시에 말했다.

"목이 쉬었다고?"

금파와 봉동댁의 눈이 휘둥그레졌다.

"스승님, 금파는 당분간 연희도 못 나가는디 소리 그만두고 쉬면 괜찮겠지요."

"그게 아니네. 이번 주 안으로 당장 경연을 해야 하네."

"경연이라니요?"

"한성으로 올라갈 사람을 더 뽑아야 한다네. 창극 공연에 애초 예정보다 더 많은 소리꾼을 세운다고 하니, 따라나설 이들을 경연으로 가릴 생각이네."

김세종이 헛기침을 하며 안으로 들어갔다. 승윤이 장난

치려 하다가 두 사람의 심각한 얼굴을 보고 조용히 자리를 떴다. 금파의 눈에 눈물이 글썽했다. 봉동댁이 옷소매로 금파의 얼굴을 닦아주었다.

'다 끝났어. 이게 뭐야. 이렇게 중요한 시기에 내가 나를 망쳤어. 아니면 문을 잠근 사람은 이럴 줄 알았을까?'

절대 울지 않겠다고 다짐했는데도 그 다짐은 길을 잃고 금파의 눈에 눈물을 뿌렸다.

금파는 일찍 일어나 세안을 한 뒤 머리를 정돈하고 제일 좋아하는 흰 저고리에 연분홍 치마를 입었다. 경대에 비친 모습이 진달래처럼 고왔다. 오늘은 어떤 설정으로 소리할지 고민했다. 〈춘향가〉의 '쑥대머리'를 부르기로 했다. 어려운 대목이었으나 사람들 마음을 훔치기에는 이만 한 대목도 없었다.

계향이 문을 빼꼼히 열고 얼굴을 들이밀었다. 금파의 기분을 살피며 조심스레 물었다.

"괜찮은 거야? 아무래도 오늘은 안 되겠지? 머리를 싸매고 누워 있을 줄 알았는데 곱게 단장했네?"

금파는 활짝 웃었다. 어젯밤 눈물 콧물을 다 짜내던 모습은 말끔히 지웠다. 어느 날보다 개운한 아침이었다.

"나가서 괜히 마음 상하지 말고 다음을 기약해 봐. 운이 없어도 이렇게 운이 없는 애는 네가 처음이다."

계향은 위로인지 시비인지 모를 말투로 말했다. 계향의 소리는 매운 고추 같았다. 매운맛 때문에 멀리하고 싶었다. 뒤돌아서면 그 맛이 그리워 다시 손을 대고 싶었다. 동리정사에서 유일하게 겨뤄보고 싶은 여자 동무였다. 금파와 달리 키가 크고 피부가 밀가루처럼 하얗다. 가녀린 몸에서 나온 말투는 애교가 섞여 있었다. 가끔 금파에게만 삐딱하게 굴었다. 그렇다고 딱히 미운 것은 아니라 동무 삼아 이런저런 사소한 이야기를 주고받았다. 처음에는 계향을 의심했으나 계향은 그날 인근 마을 잔치에 갔다.

금파는 마지막으로 옷매무새를 살폈다. 천천히 문을 열고 경연장인 모양성 대숲으로 향했다.

홍예문을 나서는데 주변에 사람들이 분주히 왔다 갔다 했다. 소문을 듣고 온 사람들이었다. 동리정사에 작은 경연이라도 있는 날에는 사람들이 몰렸다. 마치 장날처럼 북적댔다. 김세종과 다른 스승들의 마음에 드는 것도 중요하지만 관중의 열광도 큰 몫을 했다. 다들 듣는 귀가 밝았다. 소리는 몰라도 들을 수는 있었다. 옥석을 가리는 것도 전문가

못지않았다.

모양성 입구에 봉동댁이 서 있었다. 반가운 마음에 손을 흔들었으나 보지 못한 듯했다. 봉동댁의 눈은 한 남자를 쫓고 있었다.

'봉동댁과 승윤이 저런 사이였나?'

봉동댁이 옷고름으로 눈물을 찍었다. 승윤을 바라보는 눈빛이 애절했다. 금파는 봉동댁과 점점 거리가 가까워지는데 마음은 점점 멀어지는 것 같았다. 봉동댁은 마음이 상해도 절대 우울해하거나 속상해하지 않았다. 그 모습이 낯설어서 못 본 척 앞질러 가려는데 투박한 손이 등에 닿았다.

"엄니를 왜 모른 척하고 가는겨?"

"오메, 오메. 엄니였는가?"

"요것이!"

"아야앗!"

봉동댁이 금파의 볼을 가볍게 꼬집었다. 금파가 엄살을 부렸다. 그제야 금파가 알고 있던 웃음을 지었다. 안심되었다. 조금 전의 모습은 너무 낯설었다. 금방이라도 봉동댁이 마른 풀잎처럼 부서질 것 같았다.

"반백이 넘게 수절한 게 승윤 도령 때문이오?"

"오메, 오메. 썩을 년. 못 하는 소리가 없네. 살려줬더니 엄니를 똥 친 막대기로 아네."

"오메, 오메. 어찌 소녀가 엄니를 소홀하게 생각하겠습니까? 어머님은 제게 너무 소중한 분이십니다."

금파가 얌전하게 고개를 숙였다. 그러다 둘 다 웃음보가 터졌다.

어젯밤, 소리가 나오지 않아서 다 포기해야 하는 순간이 있었다. 소리 못 하는 게 죽는 것보다 싫었다. 나무에 목이라도 매고 싶었다. 김세종과 동무들은 다음 기회도 있다고 했다. 다음은 없었다. 참으려 이를 악물어도 눈물이 뚝뚝 흘렀다. 분노가 일었다. 경연을 미뤄달라고 애원하고 싶었다. 마음이 상하니 꽁꽁 숨기고 싶었던 옛일도 떠올라 그야말로 지옥 같았다.

이거 먹어봐라.

뭐요?

목에 좋단다.

들기름처럼 또 그러려고. 내버려 두쇼. 다 끝났소.

먹어서는 안 되는 거지만, 어찌하겠느냐? 이대로 포기할수는 없지 않으냐. 비상약이다.

비상약?

예전부터 전해오는 거여. 내가 소리꾼들을 여럿 봤잖냐.

이 방법밖에는 없어.

먹어서는 안 된다면서?

먹어서는 안 되지만 먹으면 금세 목이 풀릴 거여.

금파는 봉동댁을 믿고 작고 동그란 환약을 삼켰다.

아침에 일어났을 때 봉동댁은 없었다. 온몸에서 땀이 빠져나왔는지 이불이 축축했다. 그러나 기분은 상쾌했다.

"아, 아아, 아아아, 아아아아."

거짓말처럼 목이 매끈했다. 금파는 믿을 수 없었다. 봉동댁에게 자랑하고 싶었다. 부엌으로 달렸으나 봉동댁은 없었다. 소리꾼 방 근처나 연못 근처에도 없었다. 지금 이 시각이면 봉동댁은 부엌에서 밥을 차릴 시간이었다. 다른 이들에게 물었는데도 모른다고 했다. 그런데 모양성 앞에서 마주쳤다.

"목은?"

"비단보다 더 고운 소리가 나요."

"오늘 잘혀. 긴장하지 말고."

"나 모르는 고민 있는가? 왜 그려?"

"귀신이고만. 아니여, 아무것도. 참, 그리고 잊지 마. 비상약에 대해서는 절대 말하면 안 돼. 그걸 먹었다고 하면 떨어질 수도 있어."

"사람들이 그걸 어떻게 알아. 내가 입을 콱 다물면 되지."

봉동댁을 뒤로하고 대숲 길로 걸었다. 사각사각 바람에 흔들리는 댓잎 소리가 고왔다. 소리를 보자기에 싸서 김천 산골로 보내고 싶었다. 소리를 반대했던 어머니 앞에 뿌려 주고 싶었다. 걱정만 하던 어머니에게 모진 소리만 하고 떠나온 날이 부스럭거렸다.

한복에 땀이 스미지 않도록, 이마에 땀방울이 맺히지 않도록, 긴장한 마음에서 땀내가 나지 않도록 조심히 걸었다. 연분홍 치마에서도 사각사각 소리가 났다. 금파가 나타나자 일순간 시선이 쏠렸다. 숨이 멎은 듯 웅성거리던 소리가 사라졌다. 김세종만 낯빛이 어두웠다. 금파가 소리를 찾은 걸 모르는 터였다. 승윤은 놀람 반 호기심 반으로 금파를 쳐다보았다.

곧바로 번호표를 뽑았다. 금파가 제일 마지막 순서였다. 금파는 알 수 없는 표정을 지었다.

"내 순서 바로 뒤네. 이걸 운명이라고 해야 하나? 목소리도 안 나온다는데 포기하시지?"

승윤이 도포 자락을 털며 말했다. 틈만 나면 옷자락에 묻은 먼지를 툴툴 털어냈다. 먼지가 내려앉을 새도 없었다. 다른 사람이 옷을 손질하는 걸 싫어했다. 옷만 전문적으로 손보는 아짐이 있는데도 봉동댁이 아니면 안 되었다. 봉동댁은 일거리가 많다며 투덜대면서도 정성 들여 손질해 주었다.

"경연은 경연이니 끝나보면 알겠지요."

"너, 목소리가 나와? 어떻게 하루 만에 매끈해질 수 있지?"

"도령은 그럼 내가 영영 목소리를 잃길 바랐소? 불량하네. 동기라면서 이러면 되오?"

"허허허, 이런, 이런."

금파가 눈을 찡긋했다. 승윤이 어이없어했다. 싫지는 않은 표정이었다.

금파는 허리를 숙여 곱게 인사했다. 승윤은 뒤돌아서는 금파의 뒷모습을 물끄러미 쳐다보았다. 순서가 올 때까지 승윤의 눈은 금파에게 머물렀다. 눈을 감아도 얼굴을 그릴 수 있도록 오래 기억하고 싶었다.

이승윤, 계향, 연화, 기복, 덕년이 외 6명.

"왜요? 왜 저는 안 되냐고요? 사람들에게 제일 많은 찬사를 받은 사람은 나 아니에요?"

금파는 한성으로 올라갈 사람들의 명단을 확인하자마자 김세종에게 달려갔다. 봉동댁이 잡을 새도 없었다. 불을 끄고 잠자리에 든 김세종은 금파의 찢어지는 듯한 소리에도 아무런 반응이 없었다. 김세종은 호롱불을 켤까 고민하다 그만두기로 했다. 설득하고 달래도 이해하지 않을 것이다. 하필이면 주도권을 가진 주 영감과 틀어져서 난처했다. 주 영감은 영감대로 술수를 써서 금파를 제지했다.

"금파야, 왜 이러냐? 스승님 주무신다."

"이렇게 해놓고 잠이 와? 잠을 자면 안 되는 거 아냐?"

"어허, 계집이 예쁘다 예쁘다 했더니 분수를 모르는구나!"

달빛이 어린 승윤의 눈은 서리가 내려앉은 듯 차분하고 차가웠다. 예전의 눈매가 아니었다. 금파는 씩씩거리느라 어깨를 들썩였다. 매번 장난으로 받아들이던 승윤의 말이었지만 이번만은 아니었다. 위로는커녕 예의를 차리는 양반의 모습은 어물쩍 넘어가던 이전과 사뭇 달랐다. 이에 질세라 금파는 승윤을 노려보았다.

"도령이 무슨 참견이오? 왜요? 나같이 천한 것은 스승님한테 따져도 안 되오? 여기에 도령 말고 다들 처지가 비슷한 사람들인데. 아니, 다 천한 것들인데. 내가 뭐가 무섭겠소? 양반들 세상에서나 예의를 차리시오!"

철썩!

승윤의 손이 금파의 뺨으로 날아들었다. 얼얼한 것은 둘째 치고 평소 승윤에게서 볼 수 없었던 날카로움에 놀랐다. 봉동댁이 이번에는 무릎을 꿇고 승윤의 바짓가랑이를 붙잡았다.

"도련님, 이러지 마시오. 저를 봐서라도 용서하십시오. 애가 아직은 철이 없어서 그러지 나쁜 아이는 아니지 않소."

"봉동댁, 봉동댁은 이 계집에 대해 얼마나 알고 있소? 이 계집 하나 때문에 이곳이 문을 닫을 수도 있고, 이 계집 때문에 이곳의 질서가 무너질 수도 있소. 스승님이 어련히 알아서 결정하셨거늘. 그 결정에 따르는 게 제자 된 도리가 아니오?"

"그러니까 그 연유를 알고 싶다고요. 연유만 알려주신다면 승복하겠다고요. 그것은 알려줘야 하지 않습니까? 스승님! 스승님! 그렇지 않습니까?"

세 사람 주위로 사람들이 몰려들었다. 하품하는 이도 있고 또 시작이라며 금파를 쏘아보는 이도 있었다. 계향이 다가와 금파의 손을 잡고 달랬다. 연화는 멀찍이 서서 지켜보기만 했다. 금파는 손을 뿌리쳤다. 계향의 마음처럼 손도 차가웠다. 질투한 것은 아닌데 미웠다. 말도 제대로 해보지 않은 연화도 미웠다. 눈에 보이는 사람마다 족족 미워서 죽을 것 같았다.

김세종은 천천히 일어나 불을 켰다. 옷을 갖춰 입고 문을 열었다.

"다들 물러가라. 밤중에 이런 소란을 부리느냐? 금파는 따라 들어오너라."

금파가 씩씩거리며 들어섰다. 사람들은 움직이지 않았다.

방 안으로 들어간 금파는 막상 김세종과 마주하니 할 말이 없었다. 소란의 원인이 자기에게 있었다. 따져서 안 되면 떼를 써서라도 이유를 듣고 싶었다. 그러나 김세종의 칠흑 같은 얼굴빛을 보자 할 말을 잃었다. 김세종도 침묵으로 일관했다. 침묵처럼 편한 게 없었다. 침묵처럼 불편한 게 없었다. 침묵처럼 사람을 환장하게 만드는 것은 없었다.

"이유가 뭡니까? 솔직히 말씀해 주십시오."

"소리는 소리뿐만 아니라 인생도 담을 수 있어야 한다. 네 소리는 하늘이 허락한 소리지만, 너처럼 자유분방하고 위험하다. 그게 답이다."

"제 소리가 좋다고 하지 않으셨습니까? 고칠 게 있으면 이전에 말씀해 주셨어야지요. 그러면 고칠 시간이 있었지 않겠습니까? 저는 이번 기회만 노리고 그 먼 곳에서 여기로 왔습니다. 다 알고 계시지 않습니까?"

"더는 할 말이 없다. 나가 보아라."

"정녕 그뿐입니까? 다른 연유는 없습니까?"

"없다."

"분명 다른 연유가 숨겨져 있을 겁니다."

"금파야, 네가 그러면 이곳의 질서가 무너진다. 결과에 승복할 줄 아는 것도 명창이 되는 길 중 하나다."

금파는 두말하지 않고 뒤돌아서서 나왔다. 아무리 애원하고 애걸해도 김세종의 마음을 바꿀 수 없었다. 김세종이 한번 아니다 싶으면 바꿀 수 없었다. 막무가내로 들이댈 수는 없었다. 철없이 떼를 써서 넘어갈 일이 있지만, 물러서야 할 때는 물러서야 했다. 지금은 물러서야 했다.

봉동댁이 문 앞에서 서성이고 있었다. 금파는 봉동댁을 보자마자 그대로 쓰러졌다. 긴장이 풀렸는지 아니면 화가 치밀어 몸이 달아올랐는지 알 수 없었다.

목이 아팠다. 하루 만에 다시 이전의 상태로 돌아갔다. 잠들었을 때도 몇 번이나 깨서 물을 찾았다. 찬물을 벌컥벌컥 들이켰다. 봉동댁이 잠에서 깨어 따뜻한 물을 가져왔다. 물을 끓이느라 바닥이 뜨거웠다. 그러자 또다시 갈증이 일었다.

"엄니, 나 그 약 좀 주시오. 어제 먹었던 약 말이오."

"먹으면 안 된다고 했잖여. 없어."

"날이 밝으면 다시 지어주쇼. 목이 따끔거리고 안에서 불이 활활 타는 것처럼 뜨거워서 못 살겠소."

"금파야, 당분간은 참아라. 소리하지 말고 푹 쉬어라. 그러고 나면 다른 수가 생길 거여."

"약을 달란 말이오! 약! 승윤 도령한테만 줬소? 아니면 계향이한테도 줬소? 아니면 다른 년들한테 줬소?"

억지를 쓴다는 걸 알았다. 멈출 수가 없었다. 한번 시작하니 끝을 낼 수도 없었다. 화가 치밀었다. 멈출 수가 없었다. 아무나 붙잡고 싸우고 싶었다.

사랑 사랑 내 사랑아. 어허둥둥 내 사랑아. 어화 내 간간 내 사랑이로구나. 여바라 춘향아. 저리 가거라, 가는 태도를 보자. 이만큼 오느라, 오는 태도를 보자. 빵긋 웃고 아장아장 거러라, 걸는 태도 보자. 너와 나와 맛난 사랑 허물없는 부부 사랑. 화우동산 목단화같이 펑퍼지고 고흔 사랑. 영평 바다 그물같이 얼키고 맺인 사랑

〈춘향가〉 중 '사랑가'가 공중에 흩어졌다. 지난번 주 영감을 골탕 먹여서 일어난 일이다. 배알이 꼬이더라도 남에게 해가 되는 일은 하지 말았어야 했다. 기왕 소리를 하려거든 사랑가 같은 것을 해주면 좋아했을 텐데 괜히 비꼬았다. 일이 이렇게 되고 보니 사소한 것 하나하나가 모두 제 탓 같았다. 아무리 마음을 다잡고 진정하려 해도 화가 풀리지 않았다.

김세종은 금파를 달래기 위해 백일 공부를 떠나라고 했다. 그렇게 따라가고 싶을 때는 외면하더니 나날이 창백해지는 금파의 얼굴을 보고는 당장 떠나라고 했다. 봉동댁을 함께 보냈다. 김세종 나름대로 제일 나은 방법이었다.

폭포수 밑에서 소리하다가 산을 올랐다. 낭떠러지 앞에 쭈그려 앉아 물을 쳐다보았다. 물회오리에 빠지고 싶었다. 다 끝났다. 살고 싶지 않았다. 금파는 일어서서 한 발짝 다가갔다. 마지막 한 발을 남겨두고 생각에 잠겼다. 이대로 포기해야 하는 게 억울했다. 억지를 쓴다고 해결될 일도 아니었다. 봉동댁이 금파를 발견하고 소리쳤다.

"금파야, 금파야! 안 된다. 안 돼."

금파는 봉동댁을 보지 않으려 눈을 감았다. 미련을 남기지 않아야 했다. 그때 누군가 금파의 어깨를 우악스럽게 잡아당겼다. 거부할 수 없는 힘이었다. 금파와 사내는 둘 다 넘어졌다. 눈을 떴을 때 금파의 머리를 다치지 않도록 팔베개를 해준 승윤이 보였다. 입술이 닿을 것 같았다. 금파는 있는 힘껏 승윤을 밀어냈다.

"그게 무슨 짓이야!"

"나를 내버려 두시오."

"목숨을 구해줬는데 고맙다는 말도 안 하고 너무한 거 아냐?"

"누가 구해달라고 했소? 지금 당신의 행동이 내게는 지옥으로 가는 길이오."

"과장이 심한데? 충격을 받아서 머리가 이상해졌나?"

승윤이 손을 뻗어 이마에 손을 댔다. 그 바람에 일어서려던 금파가 하마터면 낭떠러지로 떨어질 뻔했다. 승윤이 금파를 붙잡았다. 금파는 발버둥 치다 승윤의 품에 안겼다. 승윤의 심장이 밖에 있는 것처럼 큰 소리를 냈다.

"사람 목숨이 얼마나 질긴데 이런 식으로 버리면 못써. 다시는 이런 짓 하지 마."

승윤이 금파의 머리를 쓰다듬었다. 마음으로는 벗어나고 싶었다. 품이 너무 따스하고 심장 소리에 가슴이 떨려서 벗어날 수 없었다. 금파는 몸을 밀착해 숨소리와 냄새를 맡았다. 아주 잠깐 승윤에게 몸을 맡기고 다 포기하고 싶었다. 평범한 여인네로 살면 싸움닭처럼 닭 볏을 세우지 않아도 된다. 내일을 걱정하며 다른 사람에게 밀리지 않을까 초조해하며 살지 않아도 된다. 폭포수가 가슴으로 떨어지는 듯 아팠다. 애써 고개를 저었다. 흩어지는 마음을 붙잡아야 했다.

"한성 갈 준비에 바쁠 텐데 여기까지 웬일이오?"

"자네가 여기에 있는데 내가 한가하게 짐이나 싸겠는가? 그리고 짐은 필요 없네. 몸 하나면 됐지. 뭐가 더 필요한가?"

능청스레 말하는 승윤 때문에 피식 웃었다. 승윤은 늘 사람을 긴장에서 풀어놓는다.

"내려가세. 스승님이 데리고 오라네."

"나를 놀리시오? 나를 여기로 보낸 건 스승님이시오. 질질 짜는 모습이 보기 싫었던 거죠. 나를 치워버릴 목적으로 이곳에 보낸 거요."

승윤이 금파의 볼을 살짝 꼬집으며 웃었다. 여전히 해맑았다. 그 모습에 화가 치밀었다. 죽도록 노력해도 안 되는 걸 다 가진 사람이었다. 그런 사람들의 웃음은 동정이거나 비웃음이었다.

"다 해결되었네. 이번에 자네도 같이 가기로 했네."

"정말이요? 거짓말 아니죠?"

"내가 농담은 잘해도 자네의 목숨이 달린 일을 가지고 농담하겠는가? 스승님이 힘을 썼네. 그런 줄만 아소."

금파는 말이 끝나자마자 산 밑으로 달렸다. 다리가 삐끗해도 주저하지 않았다. 다리를 절룩이며 산에서 내려왔다. 승윤은 허겁지겁 내려가는 금파의 등을 무심히 쳐다보았다. 세상에 태어나 제일 잘한 일은 소리를 선택한 것이요, 두 번째는 금파를 위해 아버지를 찾아간 일이다. 금파의 일만 아니었다면, 주 영감과 연결이 되지 않았다면, 절대 찾아가지 않았을 것이다.

경연이 끝난 뒤 김세종은 봉동댁을 불렀다. 금파를 데리고 방장산 용추폭포로 백일 공부를 하러 가라고 했다. 혹독히 훈련하게 하고 옆에서 도우라고 했다. 봉동댁은 고개만 끄덕였다. 김세종 앞에서 한 번도 거절한 적이 없으니 당연했다. 승윤이 생각하기에 낙심한 금파에게 숨 쉴 공간을 마련해 주는 것도 좋을 듯싶었다. 뽑힌 사람들도 금파의 눈치를 보았다. 다들 평소와 다르게 행동했다. 그러나 그런 행동에는 금파의 신경을 거스르지 않도록 조심하는 마음이 깃들어 있었다.

승윤은 길을 떠나려는 봉동댁을 붙잡았다. 묻고 싶은 게 있었다.

"봉동댁."

"아버님의 뜻도 한 번쯤은 생각해 주십시오."

"내가 무슨 말을 하려는지 아는가?"

"금파를 이길 사람은 많지 않습니다. 저는 도련님이 한성으로 올라가서 주인공이 되었으면 좋겠습니다."

"공정하게 겨뤄야 하네. 그것은 주인공이 되는 것보다 더 중요한 일이야."

"도련님은 김세종 어르신을 닮아 한자 풀이를 잘하십니다. 그 특기를 살리시면 됩니다. 계향이 소리할 때는 굵고 힘센 부분에는 추임새를 잘 넣지만, 소리에 울림이 없습니다. 다른 이의 소리도 도련님의 소리를 이기지 못합니다."

"딴소리 말게. 아버지가 시킨 일인가?"

"아버님은 도련님을 사랑하십니다. 더는 묻지 마십시오. 서로 괴로워집니다."

말을 하지 않아도 아버지가 한 일이라는 걸, 그 뒤에는 주 영감이 있다는 걸 알 수 있었다. 지난번 연희에 나갔을 때 주 영감의 일이 잊히지 않았다.

금파가 주 영감의 집에 갔다는 이야기를 듣고 무조건 달렸다. 금파를 찾으러 갔을 때 주 영감은 사랑채에 없었다. 하인을 추궁하자 마지못해 일행을 안내했다. 문 앞에서 금파의 외마디 소리를 들었을 때 아버지가 없길 바랐다. 디딤돌에 놓인 가죽신이 눈에 띄었다. 신에 모란이 수놓여 있었다. 그건 어머니의 손길이었다. 문을 열고 확인하고 싶었다.

문이 열렸다. 속곳만 입은 채 쓰러진 금파 옆에는 주 영감 아닌 다른 이도 있었다. 눈을 마주친 사람은 아버지였다. 아버지는 놀라 헛기침만 몇 번 하더니 급하게 빠져나갔다. 아버지의 눈은 모멸감과 분노로 타올랐다. 승윤의 눈은 비웃음과 승리감으로 취해 있었다. 아들 앞에서 추태를 보였으니 아버지로서는 체면이 서지 않을 것이다.

아버지를 찾아갔다. 제 발로 나간 사람이 갑자기 집 안에 들어서자 어머니가 버선발로 뛰쳐나왔다. 하인들의 수군거림도 느껴졌다.

"아버님은 어디에 계십니까?"

"사랑방에 계신다. 그런데 무슨 일이냐?"

"어머님은 신경 쓰지 않아도 되십니다. 아버님과 할 말이 있어 잠시 들렀습니다."

승윤은 곧장 사랑방으로 발길을 옮겼다. 뒤도 돌아보지 않았다. 어머니가 조바심을 내며 따라왔다. 사랑방 디딤돌에 가죽신이 놓여 있었다. 그때 보았던 신발이었다. 다른 신발도 있었다.

승윤은 방문 앞에서 헛기침했다. 문을 열자 아버지가 당황한 모습으로 승윤을 쳐다보았다. 그 옆에는 주 영감도 있었다.

"집이 싫다고 나간 놈이 웬일이냐? 그리고 어른을 보고 인사도 안 하느냐? 이 집에 있을 때 내가 너를 그렇게 가르쳤더냐?"

"아니, 그때 그 젊은 도령이 이 댁 아들인 걸 몰랐네요. 너무 놀라서 못 알아봤습니다."

주 영감이 부러 큰소리를 냈다. 얼굴은 붉으락푸르락했다.

"인사는 나중에 드리지요. 동리정사 일에 관여하셨습니까?"

"나는 모르는 일이다."

"관여하셨군요."

"너는 그것이 문제다. 멋대로 짐작하고 멋대로 오해하는 버릇은 여전하구나."

"그러지 않으면 이 집에서 살아남을 수가 있겠습니까?"

"흠흠."

승윤은 아버지가 주 영감과 밀접하게 관련이 있다는 걸 알았다. 그날 보았던 남자는 아버지였다. 주 영감은 집 안 깊숙이 은밀한 공간을 만들었고, 마을 유지들을 불러 술자리를 제공했다. 일반 연회와 다른 방식으로 밀회를 즐길 수 있도록 설계된 집이었다. 그들의 관계는 소나무 진액보다 끈끈해서 웬만하면 소문이 나지 않았다.

주 영감이 능글능글하게 웃으며 승윤에게 말을 걸었다.

"자네가 그년이랑 그렇고 그렇다고 소문 난 사내인가? 적이 가까이에 있었네. 안 그렇소, 이 영감?"

"제 아들이 아닙니다. 이미 몇 년 전에 버렸지요."

"오호라, 버림받은 남녀가 딱 그 수준으로 놀아났구려."

경박한 말투였다. 부러 트집 잡는 소리였다. 휘말리면 화를 내게 되고, 화를 내면 승윤이 원하는 대답을 들을 수 없을 것이다. 화를 꾹 참는 것도 힘들었다. 승윤에 대해 비꼬는 것은 아버지를 우습게 보고 있다는 방증이었다. 아버지는 평온한 척했다. 하지만 눈빛은 재빠르게 두 사람을 향해 움직였다. 더는 주 영감이 함부로 말하도록 놔둘 수 없었다.

"일전에 봉동댁에게 전해준 게 있었지요. 환약. 저는 그게 누가 준 것이고, 뭐로 만들어졌는지 다 알고 있습니다."

"그게 무엇인가?"

주 영감의 목소리가 높아졌다. 승윤은 뜸을 들였다. 아버지는 놀라 묻고 싶은 게 많은 눈치였다.

"주 영감님께서는 아시지 않습니까? 이 일대에서 벌어지는 모든 일은 주 영감님 손에서 일어나는 일인데 모르고 계셨다면 유감입니다."

승윤은 능청스럽게 말을 이어나갔다. 주 영감의 짙은 눈썹이 파르르 떨렸다.

"알고 있었다고 말씀하시겠습니까? 모른다고 말씀하시겠습니까?"

'괘씸한 놈이로구나. 그나저나 어떻게 알았단 말인가?'

"이 영감! 무례한 자식을 키웠구려. 내 이 영감과 인연이 있어 참고 싶으나 무례한 아들놈의 말은 참을 수가 없소. 당분간은 보지 맙시다. 자식 교육이나 제대로 시킨 다음에 만납시다."

주 영감이 문을 열고 급하게 나가다가 툇마루에서 발라당 넘어졌다. 아버지는 버선발로 뛰어나가 다급하게 주 영감을 불렀으나 주 영감은 모르는 척 대문을 나섰다.

"저도 가겠습니다. 두 분이 해결하십시오. 그 여인에게 억울한 일이 생기지 않도록 조처를 해주십시오. 안 그러면

관아로 가서 다 고하겠습니다. 저는 이미 가문을 버렸으니
이 집과는 남남입니다."

사랑방을 나서는데 뒤통수가 따가웠다. 분노로 일그러져
주먹을 쥐고 승윤을 노려보는 아버지의 기운이 느껴졌다.
강한 사람에게는 강하게 나가야 했다. 그건 아버지가 자식
들에게 늘 했던 말이었다.

며칠이 지나서야 소식이 왔다. 승윤은 김세종에게 달려
갔다. 김세종에게 소식을 전하려는데 말을 막았다.

"이번 일은 여기에서 끝내는 게 좋을지, 아니면 모르는
척해야 좋을지 모르겠다. 인생은 살면 살수록 더 어려워."

"알고 계셨습니까?"

"금파에게는 아무런 말을 하지 말아라. 알면 그 성격에
더 캐려고 할 거다."

"당장 알리겠습니다."

"아니야. 조금만 더 이따가 알리자. 금파는 숨이 좀 죽어
야 해. 너무 파릇파릇해서 기고만장하면, 더 클 아이가 죽음
의 길로 갈 거야."

스승과 달리 승윤은 조바심이 났다. 금파가 마음 상하는
게 이유 없이 싫었다.

4.
소춘대笑春臺

빨간 벽돌로 지은 건물은 둥글었다. 문을 열면 가운데에 커다란 무대가 있다. 층층대를 밟고 올라가야 했다. 금파는 발끝에 온 힘을 주고 층층대를 오르락거렸다. 힘을 준 탓에 발목이 뻐끗할 것 같았다. 양옆 벽에는 일정한 간격을 두고 남포등이 달렸다. 좌석으로 장의자가 놓여 있어 한꺼번에 여러 명이 앉을 수 있도록 했다.

실내는 춘향이 그네를 매고 뛸 수 있을 만큼 넓었다. 돌무대는 밑에서 사람이 힘으로 돌리면 뱅글뱅글 돌아간다고 했다. 〈심청전〉을 할 때에는 인당수로 가는 배를 띄울 수도 있다고 했다.

금파는 눈을 감았다. 수많은 눈이 금파의 얼굴을 쪼아댈 것 같았다. 사람들 앞에서 공연하는 건 익숙한 일이다. 하지만 낯선 곳, 낯선 무대에서 공연한다고 생각하니 가슴이 떨렸다. 상상만으로도 가슴이 찌릿했다. 아직 구경만 할 뿐이지만 곧 이 무대에 설 수 있었다.

한성에 도착했을 때 전국에서 몰려든 소리꾼과 춤꾼 들이 북새통을 이뤘다. 주최측인 협률사에서는 늦게 와서 숙소를 내줄 수 없다고 했다. 정리되면 순서대로 부르겠다고 했다. 거리가 멀어 늦었다고 사정해도 어쩔 수 없었다. 김세종은 협률사 근처 주막에 짐을 풀었다. 이레만 기다리면 될 것 같았다. 그러나 벌써 한 달째 주막을 벗어나지 못했다. 금파는 매일 공연할 극장 앞으로 가 무대 이름을 중얼거렸다.

'소춘대(笑春臺), 봄 웃음의 집.'

일행은 다들 금파처럼 돌아다니며 한성 지리를 익혔다. 그렇지만 소춘대 근처를 벗어나지 못했다. 계향은 이곳에서 사귄 동무들과 어울렸다. 그들은 아는 게 많았다. 곧 고종 등극 40주년 기념식을 한다는 것도, 그것 때문에 소춘대가 만들어졌다는 것도. 모르는 게 없었다.

"아짐, 스승님은 어디 가셨소?"

"몰라. 발 달린 짐승이 어디 가는 걸 내가 어떻게 알겠냐? 바빠 죽겠어. 그러고 있지 말고 국밥이나 날라."

"오메, 난 손님인디요?"

"손님이라도 이럴 땐 어른을 돕는 게 도리야."

주모가 퉁명스럽게 말했다. 금파는 마지못해 일어나 국밥을 날랐다. 종일 돌아다니는 것도 힘들었다. 금파는 뜨거운 뚝배기를 날랐다. 보글보글 끓는 뚝배기 안에 살코기가 많았다. 금파는 그제야 허기를 느꼈다. 이곳에 온 뒤로 제대로 밥을 먹어본 적이 없다. 밥을 파는 곳에서 밥을 먹을 수 없었다. 하루에 한 끼도 감지덕지였다. 가져온 여비가 거의 떨어졌다. 김세종은 말은 하지 않았으나 여기저기 다니면서 아는 양반들을 만나고 오는 것 같았다.

국밥을 주문한 손님은 아들과 아버지 같기도 하고, 형과 동생 같기도 했다. 한낮인데도 사내 한 명은 벌써 취해 있었다. 나이 든 사내는 입은 거칠었으나 풍채가 좋았다. 반듯한 이마와 연결되는 콧날은 높지도 낮지도 않았다. 잠깐씩 미소 짓는 표정은 소박했으며 취기가 오른 볼은 발그레했다. 둘은 중요한 이야기라도 하듯 소곤거렸다. 이야기가 끊기지 않게 살며시 국밥을 내려놓았다. 돌아서는데 나이 든 사내가 금파의 손목을 잡았다.

"좋은 말로 할 때 놓으시오!"

"허허, 계집 봐라?"

"나는 이곳 손님이오. 같은 손님끼리 함부로 하지 마시오."

금파는 힘을 주어 손목을 빼려 했으나 사내의 힘도 세졌다. 서로 옥신각신하는 사이 뚝배기가 넘어져 다른 사내 옆으로 떨어졌다. 뽀얀 국물이 사방으로 튀었고, 옆에 있던 어린 사내가 비명을 지르며 자리를 박차고 일어섰다. 순식간에 벌어진 일이다. 의도하지 않았지만 이런 식으로 사고에 엮이게 되면 김세종이 불같이 화를 낼 것이다.

사람들이 금파 주변으로 몰려들었다. 비명을 듣고 달려온 주모는 얼굴이 사내보다 더 빨개져서 금파의 등을 주먹으로 내리쳤다. 금파는 이러지도 저러지도 못하고 서성였다. 누군가 사내의 허벅지에 찬물을 부었다. 억울해서 금파의 얼굴도 달아올랐다. 제발 이 소란이 빨리 끝나길 빌었다.

"미안하게 됐소. 처음부터 손목을 놓아줬더라면 이런 일은 없었을 것이오."

"이년 봐라, 내 아우의 허벅지를 자갈밭으로 만들어놓고도 입을 나불거리네. 니 괜찮냐?"

"괜찮습니다, 스승님. 아니, 형님. 그냥 보내주시오."

"그냥 보내다니. 니 허벅지가 평생 자갈밭이 되면 좋긋냐? 가시네들이 그걸 보고 징그럽다고 안 그러긋냐?"

나이 든 사내의 말은 걸쭉했다. 어린 사내는 부끄러운지 얼굴을 붉혔다. 나이 든 사내의 눈치를 보면서 과장된 목소리로 말했다.

"큰일 났습니다, 형님. 저는 인생이 끝나부렀습니다, 형님. 아니, 스승님!"

"사고를 쳤으면 대가를 치러야지!"

웃을 때마다 이가 다 드러나는 게 거슬렸으나 참아야 했다. 사내가 으름장을 놓으며 금파의 손목을 다시 붙잡았다.

"억만금을 주면 이 손목을 놔주지."

"아이고. 그만해. 장난이 너무 짓궂어. 그러지들 말아."

주모가 사내의 등을 가볍게 쳤다. 잘 아는 사이처럼 보였다. 금파는 애원하는 눈빛으로 주모를 바라보았다. 주모는 외면한 채 몰려든 사람들을 진정시켰다. 일일이 돌아다니며 국밥 값을 먼저 받았다. 혼란한 틈을 타서 도망칠 사람을 경계했다. 금파에게는 눈길 한번 주지 않았다.

"어르신, 지금은 제가 돈이 없으니 나중에 드릴게요. 이러지 맙시다."

"이년이 이제야 어른이 눈에 보이는가 보네. 돈이 없으면 몸이라도 팔든지."

경연하기 전까지는 몸조심해야 한다. 소문이 잘못 나면 경연하기도 전에 쫓겨난다. 한성은 그런 곳이다.

김세종의 말을 흘려들으면 안 되는 일이었다.

손목이 잡힌 채 계속 있을 수 없었다. 결단을 내려야 했다.

"좋소, 내 전 재산을 주겠소."

"보아하니 돈도 없게 생겼구먼."

"내 재산은 소리요. 소리 하나 하려고 먼 곳에서 왔소. 내 소리를 듣고 여기에 있는 사람들이 반응을 보이면 그것으로 끝냅시다. 반응이 안 좋으면 나는 소리를 접고 고향으로 돌아가겠소."

사내는 일각의 망설임도 없었다.

"싫어. 난 돈으로 받을 거여."

"돈도 없고 당신들을 따라가지도 않을 거요. 이렇게 계속 우기면 나는 이 자리에서 혀를 깨물고 죽어버리겠소."

사람들의 웅성거림이 파도처럼 철썩거렸다. 사내가 마음을 바꿔 흔쾌히 허락했다. 어린 사내의 눈빛에 호기심이 가득했다. 맑고 순수한 눈빛이었다. 총기가 있어 보였다.

"자, 자. 다들 앉으시오. 오늘은 좋은 공연을 볼 것이니 돈을 준비하시오."

주모가 히죽 웃었다. 금파는 원망스러운 눈빛으로 쏘아보았다. 주모가 눈을 찡긋했다. 주모의 마음을 이해할 수 없었다. 입을 삐죽 내밀어 불만을 표현했다.

"내가 마침 북을 가지고 있으니까 소리해 봐. 어떤 것을 헐 거여?"

사내가 마당 한가운데 앉아 북을 두드렸다.

"〈춘향가〉 중에서 '월매가'를 합시다."

탁! 탁!

사내가 시작을 알리는 북을 쳤다.

금파가 좌중을 훑어보며 미소를 지었다. 온몸에 소름이
돋았으나 이렇게 된 이상 관중의 마음을 사로잡아야 했다.

금파는 눈을 감았다. 밑바닥에 있는 모든 감정을 끌어모
았다. 구멍이라는 구멍은 다 막고 싶었다. 감정이 빠져나가
면 소리에 한이 서리지 않았다.

춘향과 월매가 옥문을 사이에 두고 대화하는 장면부터
춘향을 붙잡고 우는 장면까지 소리가 이어졌다. 소리가 끝
났을 때도 눈을 뜨지 않았다. 사방에 적막이 흘렀다. 무서워
서 눈을 뜰 수가 없었다. 여태껏 이런 적은 없었다. 관객이
다 떠나버렸는지 숨소리도 들리지 않았다.

짝, 짝, 짝!

금파가 눈을 떴다. 사내가 밝게 웃으며 손뼉을 쳤다. 그제
야 사람들도 일제히 손뼉을 쳤다.

아따, 나가 눈물이 나서 못 듣겠드만. 가슴이 시리네.

나는 훌쩍거리는 소리가 날까 봐 허벅지를 꽉 꼬집고 참

왔소.

저게 사람의 소리인가? 귀신의 소리지.

귀에서 빠져나간 소리를 다시 주워 모으고 싶네그려.

금파의 눈에서 저도 모르게 눈물이 났다. 기쁨의 눈물은
오랜만이었다. 사내가 금파에게 손을 내밀었다.

"나는 나주에서 올라온 사람이네. 자네가 허금파인가?"

"나를 어찌 아시오?"

"소문이 자자하지. 장난친 것은 용서를 빌겠네. 그리고
여기는 자네랑 같이 공연할지도 모르는 내 제자여."

"김준기라고 합니다. 소문은 익히 들어 알고 있습니다."

"김준기. 김준기?"

"네. 접니다."

사람들이 몰려들어 두 사람을 떠밀었다. 다들 금파의 손
이라도 잡아보려 했다. 어느 아낙은 자꾸 옷고름으로 눈물
을 훔치며 금파의 등을 쓰다듬었다.

"보소, 내 이제껏 들은 소리 중 최고였소. 소리를 듣는데
온몸에 소름이 돋습디다. 소리로 꼭 성공하시오."

아낙이 금파의 손에 돈을 쥐여주었다. 뒤돌아 가는 아낙
의 치마는 여러 곳 덧대져 있었다. 그 돈이면 새 옷을 짓고
도 남을 것 같았다. 금파는 돈을 꼭 쥐었다. 아낙의 마음이

깃들었는지 따스했다. 그사이 사내들은 사라지고 없었다.

'누굴까? 나주 출신이라면 혹시 김창환?'

김세종이 돌아왔다. 금파는 떨리는 가슴을 진정할 수 없었다. 소문으로만 듣던 김창환과 어린 명창을 만난 일을 자랑하고 싶었다. 허나 그 이야기를 했다가는 구구절절 상황을 설명해야 했다. 아무 앞에서나 소리하지 말라는 규칙을 어겼으니 대놓고 말할 수도 없었다. 김세종이 승윤을 찾았다. 승윤은 어디로 갔는지 종일 볼 수가 없었다. 계향이 에둘러 말했으나 그것도 미심쩍었다.

김세종은 안방으로 들어가 짐을 챙겼다. 사람들에게도 짐을 챙기라 말했다. 다들 지친 여정이었다. 늘 사람이 오가는 주막에서 깊은 잠을 자기는 쉽지 않았다. 술주정뱅이들의 고성과 싸움으로 난잡했다. 그런 상황에서도 잘 견뎌주어 오히려 고마웠다. 특히 까다로운 금파가 참아내는 게 안쓰러우면서도 기특했다. 계향과는 잘 어울리지 않는 듯 보였다. 그 둘은 오히려 서로를 경계하는 편이 나았다. 경계하다가 친해지면 그 이상 가는 동무도 없었다.

"스승님, 승윤 도령이 아직 안 왔습니다."

"도대체 어디로 간 거냐? 한성 길이 낯설 것인데 어디를 쏘다니는 거냐?"

다들 입을 떼지 못했다. 승윤 도령을 눈여겨본 사람은 없었다. 한꺼번에 움직이다 보니 다른 사람을 챙길 여력이 없었다. 고창에서부터 따라왔다던 하인들과 함께 다녔는데 어떨 때는 그들이 아닌 다른 사람들과 어울리기도 했다.

석양이 질 때쯤 승윤이 나타났다. 다들 승윤을 쳐다보았다. 그들의 눈빛에는 짜증과 배고픔과 걱정이 서려 있었다. 승윤은 휘파람을 불고 들어오다 평상에 가부좌를 틀고 있는 김세종을 마주하자 곧바로 자세를 단정히 했다. 김세종은 승윤이 바깥에서 묻혀온 냄새를 쫓고 있었다. 코를 킁킁거리지 않아도 승윤의 냄새는 비릿했다. 취기도 있어 보였다.

"다들 짐을 풀어라. 늦어서 오늘 밤에는 들어갈 수가 없다. 이른 새벽에 떠날 테니 준비하고 잠을 청하거라."

"알겠습니다."

승윤의 말만 허공에서 맴돌았다. 여기저기서 구시렁거리는 소리가 들렸다. 신나는 사람은 주모밖에 없었다. 주모는 저녁을 어떻게 할 것인지 물었다. 사람들은 우물거렸다. 한 푼이라도 아끼려면 저녁은 걸러야 했다. 그사이 주모가 소반 가득 선짓국을 챙겨 왔다. 보기만 해도 군침이 돌았다.

"내가 낮에 금파 덕분에 돈을 좀 벌었잖소. 이건 특별하게 그냥 주는 거요. 이것도 인연인데 다들 극장에 가서 성공하시오."

말이 끝나기도 전에 문이 벌컥 열렸다. 김세종이 소리를 질렀다.

"금파야! 금파야! 이게 무슨 소리냐?"

"에구머니나. 스승님은 모르시오?"

눈치 없는 주모는 큰 소리가 나자 부엌으로 들어가 버렸다. 금파의 얼굴이 금세 붉으락푸르락했다. 금파는 망설이다 사실대로 고하기로 했다. 자칫 거짓말을 하면 더 큰 화가 번질 수 있었다.

"스승님, 사실은, 그게 사실은. 제가 그러려고 한 것이 아니라 사정이 있었습니다."

"됐다. 그만해라. 입을 다물어라. 무슨 일이 있었든 나중에 책임은 네가 져야 한다."

"스승님, 제가 책임지겠습니다. 하지만 국밥집에서 소리 한자락 했다고 책임질 만한 일이 일어나겠습니까? 우리가 소리하는 것은 사람들의 마음을 달래주려 하는 것 아니었습니까?"

"때와 장소를 가릴 줄 아는 것도 연창자가 갖추어야 할

덕목이다."

"그렇게 고르고 고른다고 달라집니까? 아무 데서나 불러
도 사람의 마음을 훔치면 되는 것 아닙니까? 오늘 제가 누
구를 만났는지 아십니까?"

야단맞을 줄은 알았다. 그러나 그러기 전에 칭찬을 듣고
싶었다. 살가운 말은 바라지도 않았다. 늘 닭 부리로 쪼듯
금파를 쪼아대는 통에 억울했다. 잘만 하면 김창환의 도움
을 받아 이득을 얻을 수 있었다. 금파는 그런 이야기를 하
고 싶었다.

험난한 여정을 거쳐 여기까지 올 수 있었던 것도 김창환
덕분이었다. 전국에 있는 소리광대를 부른 이가 김창환이었
다. 협률사는 김창환이 꾸려가고 있었다. 시대가 변하고 있
으니 새로운 물길을 터야 했다.

금파는 가끔 무례하게 당한 날들을 보상받고 싶었다. 그
럴 수 없다는 걸 뼛속까지 기억하고 있다. 불쑥불쑥, 빗낱처
럼 찾아오는 억울함을 이길 수 있는 것은 자존심뿐이다. 이
마저도 무너지면 살 수 없었다. 김세종은 자꾸만 자존심을
짓밟았다. 연잎에 떨어지는 빗방울처럼 또르르 굴러다니는
금파를 반듯한 그릇에 담아 가두려고 했다.

"제가 오늘 그 유명한 분 앞에서 소리를 했습니다. 그분

도 제 소리를 인정했습니다. 어쩌면 그로 인해 제 소리가 저 별빛보다 더 반짝일 수도 있습니다. 그런데도 제 잘못입니까?"

김세종의 눈은 문밖 별빛에 가 있었다. 금파에게는 눈길을 돌리지 않았다. 금파는 옆에 서서 오래도록 김세종의 얼굴을 바라보았다. 한 번만이라도 고개를 돌려 자신을 바라봐 주길 바랐으나 그냥 돌아올 수밖에 없었다.

금파는 이리저리 뒤척이다 벽을 바라보며 날을 새웠다. 창호지 문틈으로 햇살이 내려앉았다. 이제 더는 김세종과 함께할 수 없으리라는 막연한 생각이 들었다. 확신할 수 없었으나 어쩌면 그 확신할 수 없음이 더 확고하게 이별을 준비해야 하는 걸 예감하게 했다. 배신도 아니기에 원망도 할 수 없을 것 같았다. 시절인연처럼 사라지는 인연이었다.

동이 트자 다들 짐을 꾸렸다. 농담이나 불평이나 협률사로 들어가기 전 두려움이나 그동안 함께해온 주모와 이별을 말하는 사람은 아무도 없었다. 묵직한 긴장감으로 다들 돌덩이처럼 표정이 차갑고 무거웠다. 금파도 계향도 입술을 꾹 다문 채 짐을 들고 따라나섰다.

사립문 밖의 세상은 안개였다. 보이지는 않지만 분명 길이 있었다. 금파는 참고 있던 숨을 내뱉었다. 조금씩, 조금씩

발을 딛고 길을 나서면 언젠가 안개가 걷히고 선명한 길이 보일 것이다. 두려움은 눈물처럼 필요 없는 거였다. 승윤의 발걸음이 유독 힘찼다. 금파가 승윤을 좋아하는 것은 어쩌면 해맑은 웃음과 망설임 없는 발걸음 때문인지도 모른다.

승윤이 금파의 등을 톡톡 가볍게 쳤다.

"진짜야? 그분을 만나본 거야?"

"이미 들었으면서 모른 척은. 스승님한테 혼나는 것도 봤잖소."

"어제는 내가 혼이 나가서 제대로 못 살폈지. 어땠어? 소문대로 잘생겼던가?"

"도령보다는 잘생겼습니다. 그리고 어제는 도대체 웬일로 술을 마셨던 게요?"

"어떻게 알았어? 나를 미행한 거야?"

"미행 같은 소리는. 흐트러진 옷매무새와 발그레한 얼굴에 나 술 먹었소, 하고 대놓고 쓰여 있더구먼요."

승윤이 멋쩍은 듯 머리를 긁적였다. 바로 전까지 해맑게 웃던 얼굴이 백지장처럼 창백해졌다.

"자네는 무엇을 위해 사는가?"

"뜬금없기는. 저는 소리를 위해서 삽니다."

"소리 말고 다른 것. 아니, 가족을 위해 살고 싶은 생각은 없는가?"

"뜬금없는 말입니다. 왜요? 저에 대해 무슨 소문이라도 들으셨습니까?"

승윤이 갓끈을 고쳐 맸다. 그 바람에 금파와 간격이 벌어졌다. 술수를 쓰는 듯했으나 금파는 내버려 두었다. 어디서 어떤 소리를 듣든 이제부터 그 소문을 잠재울 만큼 명성을 얻으면 된다. 조금만 기다리면 된다. 숱한 날을 숨죽이며 살아왔다. 참지 못해 대들었다가 무시당하거나 손찌검을 당하기 일쑤였다. 그런 날들은 과거와 함께 묻어버려야 했다.

윤용선은 '칭경예식'에 대한 준비 내용을 정리했다. 고종은 유독 칭경예식에 집착했다. 5년 전 러시아 공사관에서 돌아와 나라 이름을 대한제국이라 부르고 자신을 황제라고 불렀던 그때의 영광도 재현하고 싶어 했다. 윤용선은 고종이 원하는 대로 먼저 일본, 영국, 독일, 러시아, 프랑스에 주재하고 있는 공관장들에게 축하 사절단을 보내달라는 의견을 보냈다.《황성신문》에서도 대대적으로 보도한 내용이다.

행사 전에 예식원(禮式院)을 만들고 황제의 지시를 받아 업무를 분담해야 했다. 고종은 칭경예식을 하나의 외교 행사로 만들고자 했다. 자꾸만 밀려드는 근대 문화에 관심이 있다는 점을 알리고 근대식 의전을 표방하기 위한 행동이었다. 하지만 칭경예식까지는 얼마 남지 않았다. 고종의 조령에 따라 갑자기 추진된 탓이었다.

예식 사무위원장으로는 민영환이 추대되었다. 러시아 황제 니콜라이 2세 대관식과 영국 빅토리아 여왕 즉위 60주년 기념 행사에 파견된 이력 때문이었다. 외교 임무를 위해 캐나다, 영국, 독일, 프랑스, 이탈리아 등을 두루 거쳤기에 누구보다도 서구 문물에 눈이 밝은 그였다.

예식 사무위원 중 미국 공사관에 근무한 적이 있는 장봉환은 협률사와 관련이 있는 듯했으나 자세한 것을 물을 수 없어 고개만 갸웃거렸다. 한 사람, 한 사람의 이력보다는 급하게 꾸린 예식원이 제대로 역할을 하기 바랄 뿐이었다.

고종은 예식원의 명단을 훑어보더니 꽤 만족한 듯 보였다. 윤용선은 궁을 나와서야 큰 숨을 쉴 수 있었다. 하루에도 몇 번씩 변하는 황제의 마음이기에 맞추는 게 쉽지 않았다. 명단을 올리는 것에서 끝난 게 아니다. 외국 국빈을 맞이할 사람을 뽑아야 했다. 외국어 능력이 뛰어난 사람이 필요했다. 우리 부대가 얼마나 근대식 시설을 갖췄는지도 보여줘야 했다. 자칫 잘못하면 외국 국빈들에게 망신을 당할 수도 있었다. 과시는 과시가 될 수 있도록 기존의 것보다 더 많은 것을 준비해야 했다.

윤용선은 하늘을 올려다보았다. 하늘이 점점 높아지고 있었다. 하늘에 뭉게구름이 피어나고 구름의 색이 짙어지면 조선은 또 하나의 새로운 역사 앞에 설 것이다. 새로운 모습을 기대해야 했다. 마음속에 구름처럼 피어나는 어지러운 감정이 솟아올랐다. 칭경예식을 하려면 갑작스레 사람을 모아야 했다. 특히 대신들을 접대할 기생과 창기 들을 어떻게 찾는단 말인가. 다행히 김창환이 전국의 소리꾼을 모았다고는 하나 이들이 공연에 충분한 자질이 있는지 검증해야 했다. 출신조차 알 수 없는 이들이 많은 데다 입에 담지도 못할 음담패설을 하거나 무례한 이도 있을 것이었다.

가장 중추적인 역할을 할 민영환이 임명을 거부하고 있다. 명단을 올렸지만 그는 곧바로 사임할 게 분명했다. 확실한 이유를 말하지 않고, 병을 이유로 댔다. 다른 후보로 민병식이 거론되고 있으나 마땅찮다. 어떤 사람이 맡을지 모른다. 조만간 결정이 날 것이다.

칭경예식은 규모가 큰 예식이어서 그에 따르는 비용이 만만찮다. 이 일은 궁내부에서 맡기로 했다. 수시로 지방 관아에 서신을 보냈다. 지방 관리나 백성도 조선이 얼마나 큰

일을 앞두고 있는지 알게 했다. 뜻이 있는 백성이라면 보조금을 댈 수 있도록 했다. 작은 도움이라도 받아야 할 처지였다.

윤용선은 한성은행 자리로 걸음을 옮겼다. 조금 있으면 사무원들이 모여 칭경예식에 대한 기념품을 어떻게 할 것인가도 결정해야 했다. 외국 대사에게는 금장을 주고, 내국인들에게는 은장을 주기로 했다. 예식에 참여하는 사람의 수를 정확히 알아야 낭비를 줄일 수 있었다. 세세한 것까지 신경 쓸 게 많았다. 터벅터벅 걷는데 구두 소리가 낯설었다. 가죽신을 벗고 구두를 신었는데, 익숙하지 않아 자꾸만 자기 발걸음 소리에 놀라 걸음을 멈추게 되었다.

좁은 방 안에 열 명이 넘는 사람들이 옅은 숨을 몰아쉬었다. 밤이 깊었다. 금파는 잠들지 못하고 몸을 벽 쪽으로 세우고 예민한 신경을 다독였다. 등을 돌리면 옆 사람과 얼굴이 맞닿았다. 동리정사에 있을 때도 여럿이 잠들었으나 금파는 운 좋게 봉동댁과 둘이 지냈다. 다른 사람들과 같은 방을 쓰고, 옷을 갈아입고, 잠드는 일이 쉽지 않았다. 게다가 전혀 다른 지역에서 온 사람들이라 말투가 달라 쉽게 말을 걸 수도 없었다. 계향 옆에 잠들고 싶었으나 다른 이들이 옆에 누워버려 함께할 수도 없었다.

금파뿐만 아니라 다른 이들도 무대에서 공연하는 것은 처음이라고 했다. 게다가 혼자서 소리하는 게 아니라 배역을 나누어서 한다고 했다. 처음부터 끝까지 완창에 익숙한 사람들이었다. 배역을 어떻게 나눌지도 궁금했다. 배역에 따라 돈도 준다고 했다. 연희에 나가 한꺼번에 받아 나눠 쓸 때와는 달랐다. 아직 얼마를 받는지도 모른다. 아침에 사람들이 모이면 앞으로 지켜야 할 규칙이 하나하나 내려왔고, '예전과 다른' 식이라는 말이 거듭 반복됐다.

행여 김창환을 만나면 얼굴이라도 내비치고 싶었다. 그때 국밥집에서 소리하던 금파가 왔노라고. 당신이 그때 칭찬해 주던 모습을 기억하냐고 묻고 싶었다. 그날 이후로 김창환은 볼 수가 없었다. 김세종도 볼 수가 없었다. 금파는 사람들에 떠밀려 생활하는 것 같았다. 반쯤 정신이 나가 있었다. 소리 연습할 시간도 없이 남들과 종일 붙어서 이야기하고 할 일 없이 마냥 기다리는 일에 지쳐갔다. 지루하고 지루한 나날이 이어지는데도 다른 이들은 아무런 불평이 없었다.

'나만 이상한가? 나만 불편한가?'

금파는 다른 이들이 내색하지 않는 게 신기했다. 그들은 참는 게 일인 듯했다. 고종의 명을 받은 궁내부의 사람들이 와서 말도 안 되는 걸 시켜도 묵묵히 해냈다. 기다리라면 기다렸고, 소리 연습 하라면 소리했고, 잠에 들라면 잠을 잤다. 금파가 나서서 물으려 하면 계향이 손등을 꼬집었다.

"금파야, 상황 파악이나 하고 대들어. 여기는 동리정사가 아니여. 나라에서 운영하는 곳인디 따라야 하지 않겠냐? 제발 좀 사고 치지 말고 그대로 있어."

맞는 말이었다. 그곳에서야 언제 어디서나 나타나 방패 역할을 해준 봉동댁도 있었다. 여기는 모든 게 달랐다. 낯선 이들 천지였다. 게다가 누가 실력이 좋고, 누가 경쟁자인지도 모르는 상황에서 나설 수 없었다. 일단 궁금하고 답답한 마음은 꾹꾹 눌러놓고 눈치를 봐야 했다.

뒤척이다 잠이 깨자 이른 새벽인데도 금파는 방을 나섰다. 이번 공연 때문에 전국에서 몰려든 사람이 백 명쯤 된다고 했다. 남자와 여자가 머무는 곳이 다르니 승윤을 만나 정보를 물어볼 수도 없었다. 동리정사에서는 틈만 나면 불쑥불쑥 나타나더니 이곳에서는 며칠이 지나도 얼굴을 볼 수가 없다.

우물가에 비친 얼굴을 쳐다보았다. 이곳에 오기 전보다

훨씬 마르고 생기가 돌았다. 금파는 우물물을 조심히 끌어당겨 세안했다. 참빗으로 헝클어진 머리를 곱게 빗었다. 무대에 서는 날이 언제인지는 모르나 용모를 가꾸는 것도 게을리할 수 없었다.

깨끗이 씻고 나자 기분이 상쾌해졌다. 아직 일어난 사람은 없었다. 금파는 조심스레 숙소를 한 바퀴 돌았다. 어디가 어디인지 확인하고 싶어졌다. 그때 대문 앞에서 서성이는 윤용선을 보았다. 양복을 곱게 차려입은 모습이 고관인 것 같았다. 금파는 달려가 고개를 숙이고 인사했다.

"누구냐?"

"누구십니까?"

동시에 말을 했다. 금파가 설핏 웃었다. 윤용선은 웃지 않았다. 윤용선의 눈이 빠르게 금파의 머리에서부터 발끝까지 훑었다. 금파는 얼굴을 더 자세히 볼 수 있도록 고개를 반쯤 들고 올려다보았다. 윤용선은 단호하고 냉철한 눈빛으로 금파를 쳐다보았다.

5.
소춘대유희笑春臺遊戲

　　　　　　승윤이 〈춘향전〉에서 방자가 되었다. 아직
어려 목소리가 고운 준기는 춘향을 맡았다. 월매는 김갑출
이라는 사내가 맡는다고 한다. 배역을 맡은 사람들은 모두
남자였다. 김세종은 금파를 월매로 세우자는 승윤의 제안을
거절했다. 창극 첫 무대부터 남녀가 섞일 수 없다고 했다.
창극도 낯선데 남녀가 함께 공연하면 난잡해 보인다는 이
유였다. 김세종은 공연히 금파 앞에서 헛기침을 해댔다.
　"너만 좋다면 다음 공연에서는 배역을 맡을 수 있도록 윗
분들에게 부탁해 보마."
　"싫습니다."
　"이유를 물어도 되겠느냐?"
　"남자들이 여자 분장을 해서 여자 저고리를 입고 공연하
는 꼴을 보고 싶습니다."

"가시 돋친 말을 해야겠느냐? 네 말대로 이제는 세상이 바뀌었다. 바뀐 대로 사는 것이다."

김세종의 말이 더 가시처럼 느껴졌다. 금파는 맥이 빠졌다. 주인공이 되지 못해서가 아니다. 배우 한 명당 얼마씩 정해진 돈으로 소리해야 한다더니 제일 큰 배역은 20원, 가장 작은 배역은 10원이었다. 그나마 작은 배역에도 여자 소리꾼은 설 수 없었다.

승윤은 머리를 긁적였다. 곱게 생긴 도령이 방자 역할을 맡는다고 하니 아까운 생각이 들었다. 혼자서도 충분히 무대를 장악하고 남을 사람이었다. 가끔 승윤의 소리를 듣고 있으면 저절로 눈물이 나올 때가 있었다.

첫 공연은 무료 공연이었다. 아직 고종의 칭경예식을 치르기 전이었다. 김창환은 소리꾼들을 꾸려 공연 연습을 했다. 이를 사람들에게 보여주며 관심을 끌 요량이었다.

검은 커튼이 열리고 방자 역을 맡은 승윤이 모습을 드러냈다. 도포 자락을 휘날리던 모습과 반대였다. 머리를 풀어 오른쪽 귀 위쪽에 돌돌 말아 띠로 묶었다. 바지 안에 저고리를 집어넣고 어기적어기적 걷는 모습이 우스꽝스러웠다. 잘생긴 얼굴인데 코 옆에 점 하나를 찍었더니 그야말로 푼수 방자가 되었다. 구수한 입담과 함께 소리가 이어졌다. 수

십 명의 사람이 숨을 죽이고 방자의 손짓에 맞춰 시선을 옮겼다. 곧바로 여장한 소년 준기가 나타났다. 치마저고리에 입술을 붉게 칠한 준기의 입에서는 곱고 고운 소리가 흘러나왔다. 금파는 도둑숨을 쉬는 것까지 다 들을 정도로 소리를 깊게 빨아들였다. 하나라도 놓치고 싶지 않았다.

공연 이름은 '소춘대유희'였다. 창극 공연은 한 시간 정도였다. 한 번에 다 끝낼 수 없어 사흘 연속 진행된다고 했다. 공연이 끝났다. 사람들은 자리를 뜨지 않았다. 배우들이 무대에서 인사를 한 뒤에도 박수를 멈추지 않았다. 처음 보는 창극에 마음을 빼앗긴 사람들은 배우들의 얼굴을 자세히 보려 무대 앞으로 몰려갔다. 방자였던 승윤의 인기가 최고로 높았다. 승윤은 사람들이 다가서자 얼굴을 붉혔다. 쑥스럽게 웃는 모습이 잘생긴 얼굴을 돋보이게 했다. 금파는 승윤에게 다가가지 못하고 밖으로 나왔다. 계향이 호들갑을 떨었다.

"금파야, 우리도 저렇게 소리하면 얼마나 좋겠냐?"

"할 수 있을까?"

"애가 뭔 소리래? 저걸 하려고 여기까지 왔잖아. 언젠가는 승윤 도령이랑 한 무대에서 공연할 수도 있을 것 같아. 그때는 내가 춘향이가 되었으면 좋겠어. 아니다. 승윤 도령이 방자니까 나는 향단이 할래."

"그게 당신들 차지가 될 것 같아?"

이곳에 와서 처음 사귄 소춘이 얄밉게 끼어들었다. 소춘은 키가 크고 이목구비가 예뻤다. 금파에게 언니라고 했다가 동무라고 했다가 어떤 때는 이름도 제대로 부르지 않았다. 도도해 보이던 소춘도 내심 배역을 맡지 못한 게 억울한 듯 보였다. 금파는 대거리를 하고 싶었으나 좋은 날 큰소리 내고 싶지 않았다.

"나라에서 시켜서 하는 공연이지만 인기가 있어야 해. 그래서 다음번에는 한성 출신 여자들만 공연한다고 했어. 남쪽에서 온 사람들은 아마 뒤에서도 맨 끝에 공연할 거야. 아니, 또 모르지. 그새 공연이 없어지면 못 할지도."

"사실이냐? 헛소문 아녀?"

금파는 저도 모르게 쉿소리를 냈다. 차분하게 생각할 수 없었다. 신경을 긁기 위해 한 소리라는 걸 알면서도 말려들었다. 그건 적대적인 감정이었다. 소춘의 실력을 인정해 버려서 저절로 기가 죽는 현상이었다. 숨기려고 일부러 소리를 높이다 보니 과도한 반응이 나왔다.

마지막 공연이 끝났다. 춘향이 이 도령을 만나 행복해졌다. 공연은 대성공이었다. 사람들은 판소리를 무대에서 볼 수 있다는 소문에 소춘대로 몰려들었다. 이 밖에도 소리 공연에 앞서 펼쳐진 〈승무〉와 〈검무〉 같은 민속 무용도 인기를 끌었다.

공연이 끝나고 다음 공연을 연습하는 기간 내내 사람들이 승윤의 방 앞에 몰렸다. 특히 젊은 처자들이 승윤을 기다렸다. 젊은 처자들은 승윤의 일거수일투족을 감시하는 것처럼, 엿가락처럼 들러붙어 떨어지지 않았다. 승윤은 처음에는 그들을 향해 웃어주고 담소를 나누었다. 그러나 그녀들이 자꾸 찾아오자 서서히 지쳐갔다. 아무도 예상하지 못한 일이었다.

혼자 판소리를 할 때는 관객이 소리하는 사람에게 감정을 표현할 수 없었다. 창극에서는 인물을 나눠서 소리하니 이 도령이나 변 사또의 구분이나 춘향과 월매의 구분 등이 선명했다. 누가 어느 역을 맡느냐에 따라 인기가 달라졌다. 관객들은 지지하는 감정을 그대로 표출했다.

승윤은 사람이 몰릴수록 자신감을 잃어갔다. 난입한 사람들은 아무 때나 소리를 해달라고 했다. 마당에 둘러앉은 사람들 앞에서 소리하는 게 싫었다. 다음 공연에 영향을 미치는 사람들이라 거절할 수 없었다. 소리하면 귀담아듣는 것보다 승윤에게만 관심이 있었다. 마치 구경거리가 된 것 같았다.

과도한 관심 때문에 승윤은 잠에 들 수 없었다. 마음대로 밖으로 나가지도 못했고 행동 하나하나에 온 신경을 써야 했다. 가문의 법도를 배우는 것보다 힘들었다. 분명 밥을 먹고 소리를 하고 사람들을 만나는데도 둥둥 떠다니는 것 같았다. 여기저기 나다닐 수 있는 금파가 부러웠다.

"사람들이 귀찮아 죽겠어. 옛날로 돌아가고 싶구나."

"배 곯아본 적 없는 사람들이 하는 푸념인 거 알지요?"

"너는 언제까지 나를 비아냥거릴 셈이냐?"

"바른 소리옵니다."

"또 그 버릇이 나왔구나. 애매하면 존댓말을 써서 위기를 모면하려는 모습. 난 정말 죽을 것 같다."

금파는 승윤의 말을 귀담아듣지 않았다. 소리도 인정받고 인기도 얻었는데도 승윤은 불평이었다. 금파는 금파대로 할 일이 있는데도 승윤은 아이처럼 마냥 어리광을 부렸다. 혼자 밖으로 나가도 되는 일에도 항상 금파를 앞세웠다. 길거리에 나가면 흘깃거리며 눈총을 주는 여인들 때문에 거절하고 싶었으나 퀭한 눈빛으로 애원하는 승윤을 그대로 둘 수 없었다. 마지못해 따라나서면 승윤은 금세 기분 좋아했다.

여자들도 역할과 소리 대목이 주어지고 연습하라는 지시가 떨어졌다. 금파는 계향과 소춘 틈에 끼었다. 내키지는 않았으나 어쩔 수 없었다. 가장 나이가 어린 소춘이 춘향이 역할을 했다. 계향은 기어이 향단이 역할을 하겠다고 우겼다. 금파는 방자 역할 대신 월매 역할을 맡았다. 나중에 서로 역할을 바꾸어 무대에 서더라도 승윤과 같은 역할을 하고 싶지는 않았다.

그 옛날 처음 소리를 배울 때처럼 소리 한 번이 끝나면 솔잎을 하나 따서 바구니에 담았다. 백 번이 다 차면 다음 곡으로 넘어갔다. 지루하고 지루했지만 참아야 했다. 더 좋은 날을 위해서 그쯤은 문제가 아니라고 생각했다. 하지만 그다음 공연은 열리지 않았다. 몇 번 더 시범을 보일 거라는 소문과는 달랐다. 무슨 이유에서인지 극장 문이 잠겼다.

공연이 열리지 않자 더 많은 사람이 승윤을 보러 왔다. 담을 타기도 했고, 뒷문으로 들어오기도 했고, 단원인 것처럼 속여서 들어오기도 했다. 소리꾼들조차도 전국에서 모이다 보니 서로에 대해 잘 몰랐다. 소리꾼과 구경꾼을 나눌 수 있는 기준은 승윤이었다. 승윤 옆에 몰려 있는 여자들은 구경꾼들이었다. 소리꾼들도 흘깃거리며 승윤을 쳐다보았으나 호들갑을 떨지 않았다. 결국에는 다들 경쟁자였다.

승윤은 밖으로 나오지 못하고 방 안에 머무는 날이 많아졌다. 동료들의 질투도 심했다. 비아냥거림은 봐줄 수 있었으나 남자로서 무시할 때는 참을 수 없었다. 사내들은 그 많은 여자 중에서 누구를 마음에 두었는지 물었다. 그런 사람이 없다고 해도 믿지 않았다. 많고 많은 여자 중의 한 명을 달라는 이도 있었다.

시간이 갈수록 승윤의 얼굴에 웃음이 사라졌다. 무표정한 얼굴로 종일 밖을 응시하는 일 외는 할 수 있는 일이 없었다. 신경은 예민해져 누군가 문이라도 열려고 하면 소리를 질렀다. 바늘로 허벅지를 찌르는 듯한 통증을 동반한 소리였다. 당분간 금파가 승윤을 보살피기로 했다. 승윤도 금파와 있을 때는 말랑말랑해졌다. 방자로 돌아와 능청스레 공연의 한 대목을 들려주었다. 때로는 동리정사에서 봤던 장난기 어린 승윤이 되어 금파의 마음을 흔들었다.

금파는 설핏 웃으면서도 방자가 되어 사람들의 선망 대상이 되고 싶다는 생각을 했다. 이대로 승윤이 더 예민해져 무대에 오를 수 없어서 금파가 대신 오르는 상상도 했다. 대체되기 싫어서 다른 역할을 맡았으면서도 마음이 오락가락했다. 승윤의 옆에 있어 좋기도 했고, 승윤의 옆에 있으면서 다른 생각을 한다는 사실에 죄책감이 들기도 했다.

김창환이 둘을 불렀다. 금파는 이번에는 무대에 설 수 있기를 간절히 원했다. 맡은 역할이야 월매지만 춘향이도, 방자도, 향단이도 다 할 수 있었다.

"제가 맡을 역할은 무엇입니까?"

"금파야, 고수가 북을 치고 소리를 할 때 무엇을 지켜야 하더냐?"

"북의 장단을 먹고 소리가 나가야 합니다. 소리가 먼저 나가면 안 됩니다."

"지금 너는 소리가 먼저 나갔다. 앞서 나가지 말아라. 이건 내가 너를 특별히 아껴서 하는 말이다."

"죄송합니다. 급한 마음에 저도 모르게 툭 튀어나왔습니다."

"금파야."

"죄송합니다. 더는 그러지 않겠습니다."

"그게 아니라……."

김창환은 헛기침했다. 지독한 망설임이 밀랍처럼 입에 들러붙었다. 승윤도 불안한 듯 금파를 똑바로 보지 못하고 천장을 바라보며 한숨을 쉬었다. 금파만 침을 꿀꺽 삼키며 어떤 말이 나올지 숨도 제대로 못 쉬고 기다렸다.

"금파야, 아무래도 이 방법밖에 없는 것 같다."

"무슨 말씀이신지요? 알아듣게 말씀해 주십시오."

"승윤과 가짜 혼례를 치러야 할 것 같다."

"혼례라니요?"

"승윤을 살리기 위해서는 어쩔 수 없다. 그리고 인기가 있을 때 한 푼이라도 더 챙겨야 하지 않겠느냐? 비록 방자 역할을 맡았으나 승윤은 이 도령처럼 이야깃거리가 충분하다. 양반가의 자제인 승윤이 〈춘향전〉에서처럼 가녀와 결혼한다면 이야기가 맞아떨어지지 않느냐?"

"그게 말이 됩니까?"

"진실이 아니더라도 돈만 벌 수 있다면 그래야 한다. 우선 협률사를 살려야 우리가 살 수 있다. 여기까지 왔는데 그냥 사라지게 할 수 없다. 내 이리 부탁한다."

금파는 눈을 깜빡했다. 믿을 수 없다는 표시를 하기 위해서였다. 그런데 눈물방울이 또르르 흘렀다. 저도 모르게 눈물이 났다. 김창환은 당황하여 없었던 일로 하자고 했다. 다른 이를 구해본다는 소리도 했다. 그 뒤에도 여러 소리가 오갔는데 기억나지 않았다. 금파는 귀에 스민 말들을 꺼내고 싶었다. 갑자기 화가 치밀어 올랐다. 금파는 그대로 뒤돌아 나왔다. 기껏 생각해 낸 방법이 혼례라니 말도 안 되는 소리였다. 무대를 위해 승윤을 제물로 삼으려는 김창환의 행동이 이해되지 않았다.

금파는 그 후로 이불을 뒤집어쓰고 며칠을 밖으로 나오지 않았다. 소춘이 이유를 물었으나 대답할 수 없었다. 여름의 끝자락이라 종일 이불에 몸을 숨길 수도 없었다. 수척해진 얼굴로 밖으로 나왔다. 바깥바람을 쐬고 싶었다. 그런데 뒤뜰에서 요란한 웃음소리가 들렸다. 금파는 소리가 나는 쪽으로 발걸음을 옮겼다. 그곳에서는 혼례가 치러지고 있었다. 신랑을 둘러싸고 있는 여자 중에는 훌쩍이는 사람도 있었다. 믿을 수 없다는 표정으로 도끼눈을 뜬 사람들도 있었다. 금파는 앞으로, 앞으로, 걸어 나갔다.

혼주도 없는 결혼식이었다. 청색과 홍색 등이 바람에 나부꼈다. 풍악이 울렸다. 가마가 들어오고 그 안에서 곱게 단장한 신부가 나왔다. 신랑과 신부가 술잔을 앞에 두고 평생 같이할 것을 맹세했다. 신부가 눈에 익었다. 곱게 연지 곤지를 찍었으나 이마가 넓은 모습은 분명 계향이었다. 그제야 신랑이 눈에 들어왔다. 승윤이었다. 금파는 둘을 확인하는 순간 주먹을 불끈 쥐었다. 화를 낼 이유는 없었다. 희생되기 싫어 거절했던 금파였다. 자꾸만 자꾸만 진정하려 해도 화가 났다.

김창환과 얼굴이 마주쳤다. 김창환이 고개를 돌렸다. 금파도 고개를 돌렸다. 그가 장사꾼처럼 느껴졌다. 김세종도 옆에 있었다. 스승은 못마땅한 표정이 역력했다. 마지못해 받아들였을 것이다. 여기까지 온 이상 성공해야 한다는 생각에 둘을 말리지 못했을 것이다. 김세종은 누구보다 사리가 분별한 사람인데도 제자들을 먼저 생각하다가 중심을 잃을 때도 있었다.

혼례 내내 계향은 진짜 신부처럼 수줍은 미소를 지었다. 간혹 승윤도 계향을 향해 미소를 지었다. 진짜 부부라고 생각하면 둘이 잘 어울렸다. 그 모습을 보자 한쪽 가슴이 푹 가라앉았다. 연기라도 가짜 신부 역할을 할 수는 없었다. 그럴 마음을 먹어서도 안 되었다. 그럴 수 없기에 더더욱 화가 났다.

고창으로 오기 전 소리가 메말라 갈 때쯤 산속으로 돌아가고 싶었다. 그렇다면 소리를 그만두어야 했다. 돌아갈 수 없는 상황에서 송 영감이 손을 내밀었다. 송 영감은 집안 잔치에서 만난 후부터 금파를 후원해 오던 사람이다. 그는 은공예를 해서 돈을 많이 벌었다. 신분은 높지 않았으나 귀부인의 장신구를 만들어서 양반네들과 친분이 두터웠다.

'절대 소리를 그만두지 말 것, 다른 남자와 정을 통하지 말 것. 이 두 가지만 지키면 네가 원하는 것은 모두 들어주겠다.'

금파를 관기에서 빼준 대가로 그는 여기저기에 돈을 주었다. 금파 대신 옆 동네에 살던 다른 여자를 관기로 바꿔치기 했다. 기생 명부에서 금파의 이름을 지워주었다.

금파는 승윤을 마음에 두고 있었다. 가짜 혼례지만 혼례라는 말만 들어도 설렜다. 냉정하게 승윤을 밀어냈으나 언제나 승윤은 금파의 가슴속에 있었다. 김창환의 제안에 잠시 망설인 것도 한 줌의 미련이 남아서였다. 가짜 혼례라도 하고 싶다고 말하고 싶었다. 그 말을 꾸역꾸역 다시 속으로 집어넣었다. 닭 뼈를 삼키는 것 같았다. 목구멍에 걸려 넘어가지 않았다. 그런데 계향이라니.

"난 또 둘이 사귀는 줄 알았는데, 계향이었네."

소춘이 쓰린 속을 호미로 긁어 팠다. 모르고 하는 소리였다. 너는 지금 엉뚱한 소리를 하고 있다고 말하고 싶었다. 그 순간 소춘이 금파의 손을 잡았다. 금파는 그렁그렁 눈물이 맺힌 눈으로 소춘을 바라보았다. 소춘이 옷소매로 금파의 눈물을 닦아주었다.

"둘을 버리고 나랑 해. 같이 무대에 서자고."

"그게 무슨 말이야?"

"배신하는 사람들은 버리고 나랑 같이하자고. 우리 둘이 무리를 이루면 주인공은 금방 따낼 수 있어."

"진심이야?"

"그래. 어쩌면 이번에는 여자들만 무대에 설 수 있을지도 몰라. 너와 내가, 아니, 언니랑 내가 몽룡이 되고 춘향이 되고 방자가 되고 향단이가 되는 거지. 어때?"

금파는 대답 대신 신랑과 신부를 쳐다보았다. 혼례가 끝나고 사람들이 물러났다. 승윤의 방을 신방으로 꾸몄는지 두 사람이 방으로 들어갔다. 사람들은 오래도록 그 앞에서 웅성거렸다. 김세종을 찾았으나 없었다. 금파는 풀이 죽어 방으로 돌아왔다. 소춘이 가깝지도 멀지도 않은 거리에서 쫓아왔다. 소춘에게 따스한 면이 있다는 사실에 놀랐다. 계향을 미워하는 것 같지는 않았다. 소춘도 금파처럼 남자를 선택한 게 아니라 소리를 선택했다는 걸 어렴풋이 느낄 수 있었다.

가짜 혼례를 치른 두 사람의 방에도 호롱불이 꺼졌다. 금파는 믿을 수 없었다. 오만 가지 생각이 들러붙었다. 가짜 혼례니까 멀찍이 떨어져 어색하게 잠들 것이다. 아니다. 가짜지만 젊은 남녀니까 서로 부둥켜안고 입맞춤을 할 수도 있다. 힘들게 한 가지 생각을 떼어내면 다른 생각이 들러붙어 배가 되었다.

아침이 되자 금파는 신방 앞에서 두 사람을 기다렸다. 계향이 천천히 방문을 열고 나왔다. 수줍은 새색시였다. 금파 말고도 구경꾼들의 일부가 아직도 승윤을 잊지 못하고 서성였다. 승윤은 계향을 뒤따라 나왔다. 둘은 곱게 차려입고 김세종에게 아침 문안 인사를 올렸다. 가짜가 아닌 진짜 같았다.

사람들이 물러가자 금파는 김세종에게 물었다.

"두 사람, 진짜입니까?"

"어제 혼례를 치르는 걸 보지 않았느냐?"

"꼭 이렇게 하셔야 했습니까?"

"둘이 원해서 혼례를 치른 것이다. 난 너희들만 생각한다. 이게 모두를 살릴 방법이다. 어쩔 수 없는 선택이었다."

"스승님!"

"금파야, 너만 위하지 말고 다른 이도 살펴라. 다 좋으려고 하는 일 아니냐?"

"저는 스승님이 싫습니다. 스승님은 위선자십니다. 저희

146

더러 거짓 인생을 살지 말라면서 왜 거짓 인생을 강요하십니까?"

"나는 그런 적이 없다. 그런 생각 할 시간에 소리 연습이나 해라."

"싫습니다. 다 똑같습니다. 이제는 스승님의 의견을 따르지 않겠습니다. 믿지도 않을 겁니다."

괜히 김창환이 아닌 김세종에게 화가 났다. 알 수 없는 분노로 정신을 차릴 수가 없었다.

'헉!'

금파는 몰았던 숨을 토해냈다. 누가 가슴에 옷감을 올려놓고 방망이질을 해대는 것 같았다. 진정하려 해도 진정되지 않았다.

금파는 종일 시름시름 앓는 새끼 고양이처럼 푹 늘어져 있었다. 보다 못한 소춘이 금파의 옷소매를 붙들고 늘어졌다. 늘 날을 세우던 사이였는데 계향과 금파가 멀어지자 친근하게 다가왔다.

"금파! 아니, 금파 언니. 아무래도 언니가 언니 같소. 이러지 말고 우리도 남산으로 나들이나 갑시다."

"스승님이 아시면 어찌하려고? 아직은 아무런 소식이 없잖아."

"기다리는 것도 지루하니 즐기기나 합시다."

그러자 옆에 있던 동무들도 따라나섰다. 금파도 어쩔 수 없이 나섰다.

곧 가을이라 그러는지 하늘에 뭉게구름이 가득했다. 손을 뻗으면 금방이라도 닿을 것 같았다. 승윤을 붙잡고 싶었던 것은 아니다. 붙잡을 수도 없었다. 붙잡는다는 것도 의미 없었다. 승윤과 계향이 거짓 혼례를 치르는 것은 승윤을 보호하기 위함이었다. 다 알고 있던 일이다. 머리로는 이해가 되는데, 둘만 생각하면 고양이 발톱으로 속을 할퀸 것 같다. 소춘도 금파 못지않게 당황한 모습이다. 승윤 때문인지 아니면 동무처럼 친하게 지내던 계향이 한마디 상의도 없이 시집을 가버린 게 문제인지 모르겠다. 둘 사이도 기다란 징검다리가 놓인 듯 서먹했다.

산 입구에 들어서자 공기부터 달랐다. 산속으로 들어가자 나뭇잎 덕분에 눈과 마음까지도 시원해졌다. 여태 우울했던 마음이 말끔히 씻겨 내려가는 듯했다. 이마에 송골송골 땀방울이 맺혔다. 금파는 숨을 몰아쉬고 나뭇잎 사이로 불어오는 바람을 맞았다. 틈과 틈 사이에서 불어오는 한 줄기 바람이 뺨을 스치고 지나갔다. 그동안 담아두었던 낡고 비릿한 감정까지 보송해진 느낌이었다.

열 명 남짓한 동무들이 각자 자리를 정했다. 옛날 백일 공부를 하는 것처럼 다들 각자 앉아서 연습했다. 소춘은 아, 아, 아 하면서 목을 풀었다. 다른 이는 이번에 바뀐 대본을 외운다며 중얼거렸다. 어떤 이는 대목에 맞는 몸짓을 연습하는 사람도 있었다. 어떤 이는 심각한 얼굴로 울부짖는 표정을 연습했다. 금파도 그들 틈에 끼어 목을 풀었다. 괜히 심술궂은 생각이 들었다.

"다들 내 소리 좀 들어보려오?"

"허허, 드디어 이름난 금파가 소리를 들려주려나 보네."

"들어본다면 하고, 안 듣는다면 안 하고. 이래 봬도 내가 소리를 좀 하지."

허허허. 다들 실없이 웃었다. 극단에서 만난 사람들 같지 않았다. 그곳에서는 다들 등에 낫이나 호미를 꽂은 사람처럼 부자연스러웠다. 웃지도 않았고, 상대방에게 맞지 않기 위해 자신의 날카로운 날로 후려치려는 듯 언제나 기세가 팽팽했다.

"해보시오!"

"맞아, 어디 남쪽 소리나 좀 들어봅시다."

금파는 목을 가다듬었다. 신재효 스승께서 정리한 〈방아
타령〉이었다.

여보소, 벗님네들, 이 봄 그저, 보내려나,

푸른 버들, 꾀꼬리요, 붉은 꽃에, 나비로다,

갖은 주효(酒肴) 풍월축(風月軸)의, 남녀창(男女唱), 데리고서,

산(山) 좋고, 물 좋은 데, 완보(緩步)로, 찾아가서,

담소(談笑)하며, 구경타가, 글 다 짓고, 술 취커든,

방아타령(打令), 산타령(打令)에, 직신직신, 놀아 보세

취(醉)한 술, 고계 깨제, 부디부디, 싸움 마소

"이번에는 내 소리 좀 들어보소. 내가 금파 언니 덕분에
남도 〈명기타령〉을 배웠지 않소."

무쇠라도 녹아들고 돈나무에 꽃이 핀다

어젯밤은 고정(故情)이요 오늘 밤은 신정(新情)이라

추월춘풍(秋月春風) 이 행락(行樂)이 그 얼마 오랠쏘냐

청루세월(靑樓歲月) 물 흐르듯 동원도리(東園桃李) 편시춘색

(片時春色)

문전(門前)이 냉락(冷落)하야 안마(鞍馬)가 드물거다

병(病)들고 늙은 몸이 상인부(商人婦) 되단 말가

청춘(靑春)에 지은 죄(罪)도 박명첩(薄命妾)을 면(免)할쏘냐

소향의 〈명기타령〉이 끝나자 다른 이가 〈난봉가〉를 불렀
다. 밀양에서 왔다던 그는 다른 소리보다 〈방물가〉를 잘 불
렀다. 한바탕 자기 고장의 잡가와 민요를 불러댔다. 장구와
북으로 장단을 맞추고 어떤 이는 흥에 겨워 어깨춤을 추기
도 했다. 그러는 사이 구경꾼이 몰려들었다. 늦여름의 더위
를 식히러 왔다 소리꾼들을 만나게 되었다며 반가워했다.

구경꾼들은 먹던 음식을 나눠 줬다. 막걸리와 전을 내주
었다. 금파는 옛 생각이 났다. 아버지의 고달픔이 떠올라 그
들에게 정성 들여 소리를 해주었다. 아버지는 산속에 살면
서도 섬을 그리워했다. 바닷가 어디쯤에서 굿판을 벌였을
할머니도 생각났다. 그 피를 물려받아 한곳에 정착하지 못
하고 비비각시처럼 유랑의 삶을 살아야 하는 처지도 서글
펐다. 늘 씩씩하게 웃었다. 억울한 게 있으면 바로바로 대거
리했다. 거침없는 속에서도 항상 기대고 싶고 겁이 났다.

자꾸만 나약해지는 마음을 잡아야 했다. 용기가 필요했
었다. 생은 혼자 살아가는 거였다. 산속의 황무지를 밭으로
개간한 아버지를 생각했다. 어떻게든 살아내고 싶었다. 승

윤과 소리, 한꺼번에 둘을 가질 수는 없었다. 하나를 얻으려면 하나를 포기하는 게 맞다. 소리와 승윤이라면 소리를 선택해야 한다.

사람들이 소리에 호응을 해주자 순간 금파는 그동안 꽁꽁 묶어둔 불안의 끈을 완전히 놓아버렸다. 보이는 게 없었다. 무서울 게 없었다. 흐트러진 마음을 주워 담을 수도 없었다. 영혼을 담아 소리를 했다. 금방이라도 죽을 듯 소리를 했다. 문득문득 승윤과 계향이 떠올라 둘이 미워지면 승윤이 이 도령이고, 금파가 춘향인 것처럼 애절한 마음을 드러냈다. 통곡할 때는 진정으로 통곡했고, 웃을 때는 미친년처럼 실없이 웃었다. 박수 소리가 끊이질 않았다. 두루마기를 곱게 차려입은 노인이 금파의 손을 붙잡았다. 등을 토닥여주고 따스한 말을 부어주었다.

"이보게, 꼭 성공하게나."

동무들이 처음으로 역할을 나눠 소리를 했다. 완창하는 게 아니라 대목, 대목을 나눠서 하는 거라 간혹 맥이 끊기기도 했다. 처음 보는 광경에 구경꾼들 모두 호기심 어린 눈으로 쳐다보았다. 실수조차도 하나의 연기가 되었다. 연습으로 시작한 소리가 공연이 되어버렸다. 벼락 같은 소리가 들리지 않았다면 밤을 새워서라도 이어졌을 것이다.

"지금 뭐 하는 짓들이냐!"

일순간 사방이 조용해졌다. 계곡물 흐르는 소리만 침묵을 깼다. 김세종이 분노한 얼굴로 서 있었다. 윤용선은 쯧쯧거리며 홱 돌아가 버렸다. 김창환만이 호기심 어린 얼굴로 금파를 쳐다보고 있었다. 세 사람의 등장에 구경꾼들이 웅성거렸다. 동무들도 어찌할 줄을 몰라 고개만 숙이고 숨을 죽였다. 금파는 숨을 헐떡거리며 아직 춘향이에서 벗어나지 못했다. 손을 뻗어 다음 대목을 이어나가는데 김세종과 눈이 마주쳤다. 금방이라도 숯덩이처럼 붉은 기운을 내뿜을 것 같았다.

"기어코 네가 일을 그르치는구나! 내가 분명히 일렀거늘. 잡가와 판소리의 목은 달라서 잡가를 많이 부르면 판소리를 하는 데 문제가 있다고 말했거늘, 얌전하게 연습하고 때를 기다리라 일렀거늘, 소리하는 사람은 목도 좋아야 하지만 품격이 있어야 한다고 일렀거늘! 어찌하여 너는 한 가지도 지키지 않느냐?"

"왜 그러오. 듣기도 좋구먼. 천하가 다 아는 허금파이지 않소? 일전에 주막에서 소리를 들었을 때보다 훨씬 나아졌구먼. 저 사람들을 보시오. 지난번 남자들이 공연할 때보다 수가 더 많은 것 같지 않소?"

김창환이 투박하게 말했다. 김세종은 그제야 주변을 살폈다. 어디에서 그 많은 사람이 나타났는지 알 수 없었다. 소춘대에서 무료 공연을 했을 때보다 더 많은 사람들이 모여 있었다.

"사람들이 아직 무대 공연을 몰라서 그랬을 거요. 만약 알았다면 이보다는 더 많았을 거요. 괜히 저 아이를 들뜨게 해서는 안 돼요. 바람 같은 아이요. 금방 불었다 이내 사라지고 한곳에 자리할 수도 없는 아이라서 독하게 훈련시켜야 합니다."

"김세종, 저 아이를 내가 맡겠소. 다음번에는 여자들로만 판을 꾸릴 생각이오. 마침 생각해 둔 사람도 금파요."

"금파의 소리는 아직 풋내기에 불과하오. 나중에 더 익으면 그때 데려가시오."

"저는 김창환 어르신을 따르겠습니다!"

김세종의 말이 끝나기도 전에 금파가 대답했다. 김세종은 대꾸도 없이 산을 내려가 버렸다.

"금파야, 어떠냐? 소춘과 무리를 꾸려보겠느냐?"

"어르신을 따르겠습니다."

김창환의 얼굴이 환해졌다. 금파는 김창환을 따라 밝게 웃었다.

6.
소문

금파 일행이 가는 길은 장날 같았다. 사람들이 몰려들었다. 지난번 산속 공연으로 그 일대에 소문이 퍼졌다. 소리를 들으러 오는 사람들 때문에 가는 곳마다 멈춰 서서 한 대목을 불러야 하는 일도 생겼다. 김창환은 당황하지 않았다. 짜증을 내지도 않았다. 약속이 미뤄지고 목적지까지 가는 길이 더뎌도 절대 거르는 법이 없었다. 창꾼답게 먼저 나서서 서창(序唱)을 하였는데 〈춘향전〉의 시작점을 알리는 내용이었다.

창극이라는 새로움에 대한 기대는 새털처럼 가벼웠다. 호기심은 오래가지 않았다. 김창환은 공연장이 텅 비어도 굴하지 않았다. 스스로 소춘대의 문을 닫기도 했다. 사람들은 아쉬워하며 공연을 보러 올 것을 약속했다. 그러나 정작 공연장에 찾아오는 사람은 드물었다.

지난번 남자들이 공연할 때 얻었던 인기가 여자들이 무대에 서자 시들시들해졌다. 입장료를 낮춰도 소용없었다. 그래서 이번에도 남녀가 같이 선다고 했다. 하지만 중요한 배역은 주로 남자가 맡았다. 금파는 공연 전 무대 뒤에서 사람들이 얼마나 많이 왔나 살피곤 했다. 어두컴컴해서 잘 보이지 않을 때면 웅성거림으로 수를 파악했다. 무대에 오르면 웅성거림에 비해 관객이 적어 실망하기도 했다.

사람이 많든 적든 무대에서의 공연은 금파에게 새로움을 선사했다. 관객과 같은 눈높이가 아니라 그들이 우러러보는 곳에서 공연하는 것은 짜릿했다. 위치만 달라졌을 뿐인데도 쾌감은 달랐다. 관객이 고개를 들어야만 금파를 볼 수 있었다. 금파는 눈을 내리깔고 관객을 쳐다보면서 소리했다. 마치 신분을 뛰어넘는 듯한 착각이 들었다. 지난날 주 영감이나 사또 들이 금파를 내려보던 각도였다. 우월함을 느낄 수 있는 지긋한 각도와 거리. 무대 위에서 금파는 언제나 위엄을 갖추고 사람들의 마음을 휘어잡았다.

공연은 매번 김창환의 소리로 시작됐다. 김창환의 구수한 입담은 매력적이었다. 김세종에게서 볼 수 없는 창법이었다. 김세종은 진지했고 우직했고 정갈했고 기품 있었다. 반면에 김창환은 구수했다. 장난기가 많았고 가락을 탁탁

치고 나가는 부분에서는 통쾌하기까지 했다.

준기가 더는 여자 역할을 하지 않겠다고 울먹였다. 자기를 계집으로 착각하는 사람들 때문에 혼란스럽다고 했다. 아직은 어린아이라서 이건 연기일 뿐이라고 해도 마음을 바꾸지 않으려 했다.

"야, 우리는 하고 싶어도 못 한다. 얼른 옷 갈아입고 달비를 써!"

"계집애 같아서 싫습니다."

"뭐꼬? 야가 지금 무신 망발을 지껄이노?"

"소춘아, 그게 어디 말이여?"

"내가 뭐라고 했는데?"

소춘의 얼굴이 빨개졌다. 숨소리도 거칠어졌다.

"여기 말이 아닌디."

"누나는 화가 나면 대구 사투리를 한대요. 진짜 여기 한성 사람이 맞는지 몰라."

준기가 비아냥거렸다.

"요놈의 자슥이! 어디 누나를 꼰지르노? 내가 경상도이든 아니든 우짤래? 난 한성 사람이라고 박박 우길겨. 일러볼 테냐?"

소춘이 주먹을 쥐고 준기를 윽박질렀다. 여자들 공연이

실패하고부터 사소한 일에도 화를 내었다.

소춘은 자기가 당연히 주인공인 춘향이를 맡아야 한다고 생각했다. 김창환의 생각은 달랐다. 아무리 소춘이나 금파가 여자라지만 주인공은 남자가 맡아야 한다고 했다. 준기는 처음부터 춘향이 역할을 해서 인기를 얻고 있다는 말도 덧붙였다.

준기의 음색은 아직 여리고 고왔다. 생김새도 여자 같아서 금파도 처음엔 헷갈렸다. 주막에서는 인식하지 못했다. 형님이라는 소리가 입에서 줄줄 흘러나와서 그런 생각을 할 수 없었다. 간간이 무대에 서는 모습을 보아도 누가 봐도 여자 같았다.

"소춘아. 애한테 왜 그러니. 안 그래도 기가 죽었는데 우리 춘향이를 이렇게 대할 수는 없지."

"난 무조건 주인공은 남자가 해야 한다는 것은 반대야. 평소 언니답지 않게 왜 그래? 춘향이 역할이 탐이 안 나?"

"하고 싶지. 무척이나. 그런데 준기는 이미 인기를 얻었으니 뺄 수가 없겠지."

"이건 불공평한 일이야."

소춘이 입을 삐죽거렸다. 금파는 소춘의 등을 토닥였다. 같이 여기까지 왔으니 이 고비도 무사히 넘겨서 주인공이 되었으면 하는 바람이었다.

　금파는 춘향 역할이 싫었다. 다소곳한 몸가짐으로 늘 이 도령만을 쳐다보는 사람이었다. 예쁘다는 이유 하나만으로도 이 도령의 사랑을 받았고 수절을 택했다. 결국에는 자신이 원하는 신분을 얻었으나 금파는 예쁜 척만 하는 춘향이 싫었다. 월매는 투박한 질그릇 같은 여인이었다. 이년, 저년이라든가 하고 싶은 말을 참지 못하는 성격이었다. 그냥 입에서 나오는 말이 아니라 몸속 창자를 뚫고 나오는 말 같았다.

　오늘은 공연장 안을 살피지 못했다. 웅성거림이 어제보다 더 커서 마음이 놓였다. 준비하고 순서를 기다리는데 아무리 시간이 흘러도 누가 부르지 않았다. 다들 의아해했다. 금파는 밖을 내다보았다. 이미 다른 공연이 시작되고 있었다. 아무도 바뀐 순서를 알려주지 않았다.

　색색들이 한복을 곱게 차려입은 무용수들이 나타났다. 얼굴에 진한 분장을 하고 붉은 한복을 입은 여인들은 한눈에도 고와 보였다. 손짓과 발짓은 마치 나비 같았다. 사람들은 무용수들에게 눈이 팔려 있었다. 창꾼들이 아무리 차려입어도 그녀들에 비하면 형편없었다. 준기가 입은 춘향이 옷도 금파가 입던 옷이었다. 봉동댁이 한성에 가서 입으라고 지어주었다. 준기가 입기에는 커서 소매를 두어 번 접어 입으니 볼품없었다. 무대 의상은 초라해도 소리만 잘하면 된다는 생각이 거품처럼 사그라들었다.

금파는 무대 잡일을 하는 사동을 불렀다.

"우리는 안 나가? 우리가 먼저 아니야?"

"오늘부터 바뀌었답니다."

"그럼 왜 진즉 말 안 해줬어?"

"그거야 날마다 사정이 달라지니까 그렇죠. 어제 공연에 사람들이 많이 안 왔잖아요. 그래서 이번에는 무용수들을 먼저 내보내 사람들의 눈을 재미있게 하면 소문이 나지 않을까 하고 바꾸었답니다."

사동이 시큰둥하게 말했다. 어제는 친절하더니 오늘은 완전히 딴판이다.

"김창환 어르신은?"

"몰라요."

"너 자꾸 이럴래?"

소춘이 참지 못하고 사동의 머리를 쥐어박았다. 사동이 꽥 하고 소리를 질렀다. 무대 뒤에서 공연 준비를 하고 있던 사람들이 둘을 날카롭게 쏘아보았다. 창꾼들도 자신들이 밀렸다는 사실에 예민해졌다. 소춘이 사동을 다시 불렀다.

귓속말을 했다. 소춘과 사동의 거리가 멀어질 때쯤 사동의 얼굴이 새파랗게 질렸다. 사동은 뒤도 안 돌아보고 밖으로 뛰쳐나갔다.

"소춘아. 애한테 무슨 말을 했어?"

"개! 개라고 했어. 니가 뭔데 우리보고 그렇게 함부로 말하냐고. 니가 여기 주인이냐고. 주인을 따라다니는 개라고 했어."

"아이한테 그게 무슨 짓이야? 애가 잘못이겠어? 어른 탓이지!"

"언니야, 니는 왜 아이들 이야기만 나오면 흥분하고 그러나? 저 아가 언니 아가?"

소춘은 화가 나면 갑자기 사투리를 썼다. 처음에는 몰랐는데 알고 나니 소춘도 여기 출신이 아니라는 게 확실해졌다.

"무슨 소리야. 시집도 안 간 처녀한테."

"이상해. 참지 못하는 성격인데도 애들한테는 잘해준데이. 준기한테도 그래. 굳이 언니야 옷을 빌려줄 필요는 없잖아? 언니가 준기 어매가?"

소춘이 화를 내며 말했다. 금파도 화가 났다. 무턱대고 아이에게 나쁜 말을 하는 것은 잘못된 행동이었다. 그건 아이의 존재 가치를 인정하지 않는 거였다. 만약 아이가 양반집 도령이라면 저렇게 하지는 못했을 거다. 같은 처지에 있는 사람이라면 더더욱 감싸 안아야 했다. 함부로 대접받는 데 익숙해지면 아이는 자라서도 함부로 대하는 사람에게 굽실거려야 했다. 소춘은 그걸 잊고 있었다.

화를 꾹꾹 눌러 참았다. 흥분해서 서로 싸우면 무대에 올라서도 그 감정이 가라앉지 않았다. 금파는 더는 말하지 않겠다는 표시로 밖으로 나와버렸다.

하늘은 맑다 못해 바다처럼 파랬다. 고창에서 영광을 지날 때 봤던 바다를 잊을 수 없다. 잔잔하고 고요한 바다가 일렁일 때면 금파의 마음도 함께 일렁였다. 바다 위 파란 하늘도 잊을 수 없다. 바다와 하늘을 뒤집어 놓아도 구별할 수 없도록 눈부시게 파랬다. 오늘 하늘도 파랬다. 그날처럼. 그런데도 자꾸만 불길한 불길이 솟아올라 가슴이 뜨거워졌다.

사람들에게 되새김 되는 것은 인기를 끄는 것이요, 그 인기를 밑거름 삼아 특별한 존재가 되고 신분 상승을 꿈꾸는 것은 한낱 꿈이었다. 〈춘향가〉를 몇 시간이고 홀로 판소리 하던 것과 달리 역할을 나누고 대나무 분지르듯 대목을 나눠 소리하는 것에는 한계가 있었다.

금파는 다른 공연도 하고 싶었다. 김창환은 〈춘향전〉을 절대 포기할 수 없다고 했다. 일본인이 몰려드니 우리는 우리의 것으로 맞서야 한다고 했다. 조선 팔도에 춘향이를 모르는 사람은 없으니 이것으로 버텨야 한다고 했다.

"남녀가 같이 마주 서서 씨부렁대는 게 예법에 맞는가?"

도포 자락을 휘날리며 노인이 들어섰다. 소춘이 처음으로 춘향이가 되는 날이었다. 노인은 머리부터 발끝까지 예의가 몸에 밴 듯했다. 춘향과 이 도령이 부둥켜안고 사랑을 나누는 장면에서 참지 못하고 버럭 소리를 질렀다.

"조선이 망해가서 일본 놈들이 판치는 것도 못 보겠는데 이것들까지 난리구먼! 여기 주인이 누구요?"

사동들이 뛰어가 노인에게 굽실거렸다. 그 바람에 공연은 완전히 중단되었다.

"공연을 다 못 봤으니 내 돈 돌려줘!"

"맞아. 이런 걸 보려고 우리가 왔던가? 거리에서 봤던 거와는 완전히 다르구먼."

"돈을 내놓지 않으면 고발하세. 썩을 것들."

앞자리에 앉았던 사람들이 일어섰다. 입장료에 따라 관람석의 등급이 정해져 있었다. 노인 옆에 앉아 있던 사람은 제일 비싼 표를 사 가지고 온 사람들이다. 그들은 노인이 호통을 치는 틈을 타 돈을 돌려달라는 요구를 했다. 김창환이 뛰어가 말렸으나 소용없었다. 금파와 일행은 무대 위에서 이러지도 저러지도 못하고 서성였다. 다행히 김창환의 기지로 내일 공연에는 남자들만 올라설 것이며 지난번 인기를 끌었던 승윤이 무대에 서는 조건으로 소동이 마무리되었다.

"여자만 해도 안 되고, 남녀가 같이 해도 안 되고. 이게 무슨 말 같지도 않은 이야기야? 지난번에 봤잖아? 남자들이 어색하게 댕기를 늘어뜨리고 여자 한복을 입고 어정쩡하게 돌아다니는 꼴 말이야. 여자들이 하는 것은 무조건 여우 짓이냐?"

금파가 노인이 들으라는 듯 투덜거렸다.

"어르신, 이런 것은 공연을 위해서 하는 거지 진짜로 하는 것은 아닙니다."

김창환이 노인을 달랬다. 예상은 했으나 실제로 이런 일이 일어나자 맥이 빠지는 것은 어쩔 수 없었다. 남자들을 무대에 세우면 여자 관객들이 극성을 부렸고, 여자들을 무대에 세우면 천하다는 소리를 들었다.

금파는 무대에서 내려와 숙소로 향했다. 공연할 때 꼭 보러 오겠다고 약속한 사람들의 마음이 금세 변하는 게 싫었다. 노인처럼 고집불통으로 예법을 따지는 이들도 싫었다. 그 틈에 끼어 공짜로 소리를 들으려는 사람들도 싫었다. 소리를 들을 때는 눈물 콧물 다 짜내던 이들이 마지막에 가서는 돈을 돌려달라며 난동을 부리기도 했다.

"금파야, 아쉽지만 어떡하겠느냐? 참을 수 있지?"

김창환이 뒤따라 나오며 금파를 달랬다. 금파는 그동안 돈 한 푼도 받지 못하고 공연한 게 화가 나기 시작했다. 아무리 소리에 미쳤다고 해도 그에 따르는 보상은 필요했다.

"제 방을 전부 검은색으로 발라주십시오."

"무슨 소리냐?"

"동리정사에 가면 신재효 스승님의 방이 있습니다. 스승님은 방 전체를 검은색으로 도배하셨죠. 곰곰이 생각하기 좋게요. 저도 똑같이 해주십시오."

"그게 다냐?"

"아직은 이뿐입니다. 다음에 생각나면 또 말씀드릴 것입니다."

"그런 것은 해줄 수 있지. 그런데 말이다. 승윤이 무대에 서지 않겠다고 하더라. 네가 무대에 설 수 있도록 말 좀 해주면 안 되겠냐?"

"제가 왜요? 직접 말씀하십시오. 안 되면 부인인 계향이도 있지 않습니까?"

원하는 것을 말한 다음에는 조금 더 부드럽게 말해야 하는데 말끝에서 심하게 목소리가 올라가 버렸다. 묻는 게 아니라 따지는 투에 가까웠다. 그동안 쌓인 짜증의 보따리를 일순간 김창환 앞에서 다 풀어놓았다. 평소의 김창환이라면 버럭 화를 냈을 텐데도 고개를 주억거리며 듣고만 있었다. 그 바람에 하지도 않아야 할 말까지도 다 해버렸다. 시원하기보다는 창피와 후회가 몰려왔다.

"금파야, 너 혹시…… 아니다."

"말씀을 끝까지 하십시오. 이러시면 저 숨넘어갑니다. 제 성격을 아시지 않습니까."

"아니다. 내가 쓸데없는 생각을 했구나. 방은 그렇게 꾸며주마."

"어르신! 말씀하십시오."

금파는 어떤 말이 나오든 다 듣고 싶었다. 진실이든 거짓이든 꾸중이든 비난이든 상관없었다. 긴 침묵이 이어졌다. 김창환이 헛기침을 두어 번 하더니 이내 결심했다는 듯 말을 꺼냈다.

"오늘 저녁에 네가 가주면 좋을 곳이 있다."

"연회입니까?"

"그건 아니고. 그냥 가서 소리만 해주면 된다."

"꼭 가야 합니까?"

"너의 선택이다. 그러나 네가 가면 다음번 공연에 널 주인공으로 세워줄 만한 권력을 가진 분이시다."

금파도 쉽게 답을 하지 못했다. 그곳이 어디인지 모르나 그곳에 가면 어떻게 해야 하는지 너무도 뻔히 알고 있었다.

"가겠습니다."

"정말 가겠느냐?"

"두 번 말하지 않겠습니다. 대신 그에 맞는 대가를 주십시오."

"오냐."

김창환은 사동을 불러 귓속말을 했다.

뜻밖에도 금파를 부른 사람은 노인이었다. 공연장에 와서 무대를 쑥대밭으로 만든 인물. 노인은 깊은 생각에 잠긴 듯했다. 그 표정이 너무 진지하고 침울해서 고요를 깨트릴 수 없었다. 자신을 부른 연유를 따지고자 들어왔던 금파는 난처했다. 곡차를 마시는 손길마저 단정했다. 금파는 저절로 발소리를 죽이고 노인 앞에 앉아 손을 가지런히 모았다.

상대가 기품 있다면 금파도 상대에게 똑같이 대해주면 된다. 불쑥불쑥 튀어나오는 막말도 다들 금파를 그렇게 대해서 나온 것뿐이다. 금파는 상대에 따라 모습을 달리했다. 그건 그 사람에 대한 예의이고 자신에 대한 예의였다. 상대가 자신을 함부로 대할 때 가만히 있는 것은 자신에 대한 예의가 아니었다.

"나이가 꽤 들었는데 사람들은 모르더군."

돌멩이 하나가 가슴을 뚫고 오는 것 같은 통증이 일었다. 한 번도 금파에게 누군가가 나이를 물은 적은 없다. 금파 또한 굳이 나이를 말하지 않았다. 젊고 고운 아이들이 얼마든지 있었다. 그 속에서 살아남기 위해서는 모든 걸 숨기는 게 좋았다. 버선 뒤집어 신듯 속을 보여줄 수 없었다. 김세종마저 묻지 않았던 문제였다.

"그게 부르신 이유입니까?"

"고생도 많이 했겠군. 어쩌면 스쳐 지나간 남자도 여럿일 테고."

"제게 함부로 하시려고 부르셨습니까? 무대에 와서 공연을 망친 거로는 모자라십니까?"

"지금쯤 생활고에 시달려 죽을 맛이겠지. 아무리 미모나 소리가 뛰어나도 기둥이 없으면 받쳐주지 못할 테고."

오랜 세월 함께한 사람처럼 금파의 속을 다 알고 있었다. 앎은 무서운 거다. 그 안다는 생각부터가 오만으로 이어지는 길이었다. 굴레에 가둬놓고 입맛에 맞게 칼질을 하는 거다. 그게 싫어서 남들을 판단하는 걸 꺼렸는데 노인은 금파를 두 번째 보고서 모든 것을 제 기준에 맞춰 난도질하고 있다. 욱하는 마음에 대거리하고 싶었다.

생각해 보면 숱한 날을 이러고 살았다. 이제는 길길이 날뛸 기운조차 남지 않았다. 엉덩이에 깔린 비단 보료처럼 부드러운 노인에게서 갈포 같은 거친 말들이 나왔다. 이런 사람들이 더 무서웠다. 대놓고 소리 지르거나 무식한 행동을 보이면 처음부터 방어 자세를 갖출 수 있어 그나마 다행이었다.

"부르신 이유를 말씀하지 않으시고 마치 저잣거리에 있는 고기처럼 저를 평가하고 값을 정하려 하시니 그만 물러나겠습니다."

"너의 평생을 보장해 주면 되겠느냐?"

"그게 무슨 말씀입니까?"

묻고 있으나 대답을 원하는 건 아니다. 이미 금파는 노인이 제안하는 걸 알고 있다. 김창환은 머뭇거릴 사람이 아닌데 이야기를 꺼내며 망설였다는 것은 노인의 제안이 금파뿐만 아니라 김창환에게도 귀가 솔깃할 만큼 의미 있는 일일 것이다. 말로는 거절해도 된다고 했지만 얼굴은 그렇지 않았다.

"응할 테냐?"

"제가 어떤 답을 내릴 것 같으십니까? 보자마자 저를 헐값으로 치부해 버린 노인 앞에서요."

노인을 강조했다. 금파의 나이가 많은 것도 사실이고, 그동안 저런 식의 농을 하며 뒤를 봐주겠다고 했던 사내도 여럿이었다. 노인 말대로 나이가 차오르는 만큼 여기서 성공하지 못하면 독립할 수도 없었다. 조금만 더 고생해서 돈을 모아 전답이라도 마련한다면 미련 없이 어린 시절 살던 곳으로 돌아가고 싶었다. 이곳에 와서 가장 힘든 건 새소리, 바람 소리, 물소리를 제대로 듣지 못하는 것이었다. 간혹 동무들과 산속에 머물다 오기는 하나 산속 생활에서처럼 자신의 나무나 바람으로 누릴 수 없었다.

하루가 다르게 주위가 변했다. 일본군이 들어오기 시작했고 거리에는 여태껏 볼 수 없던 옷차림이 등장했다. 남자는 물론이고 여자들 사이에도 신여성이 등장했지만 금파의 주변은 여전히 '과거'에 머물렀다. 새로움을 받아들일 경계선에 서서 이러지도 저러지도 못했다. 신식 문명을 받아들인 게 바로 창극이었다. 무대를 휘저으며 재능을 맘껏 뽐낼 수 있었다. 우리 소리를 하고 있지만 보여주는 형태는 신식이었다.

살아야 했다. 살고 싶었다. 제대로 된 인간 허금파로 살 수만 있다면 이제 어떤 선택이든 하고 싶었다. 송 영감과의 약조를 어기면 아이를 볼 수 없었다. 그러나 돌아갈 길이 없었다.

노인이 금파의 허물을 먼저 말한 것도 값을 깎으려는 생각에서였다. 인생의 값을 함부로 깎도록 놔둘 수는 없었다. 그랬더라면 이 고생까지 하면서 살지는 않았을 것이다. 편한 길을 선택할 것이었다면 진즉에 그렇게 했을 것이다.

"조건이 있다. 소리는 나한테만 들려줘야 한다. 그리고 무대에 오를 수 없다. 무대가 아닌 다른 어떤 곳에서도 소리할 수 없다. 난 너를 내 것으로 만들 것이다."

"저는 평생 소리를 위해 살았습니다. 영감한테만 들려줄 소리라면 하지 않겠습니다."

"세상이 망할 징조야. 어디 계집이 사람들 앞에서 사내들과 뒤엉켜 소리를 한단 말이냐? 내 말만 따른다면 네 평생을 보장해 주겠다."

소리를 진심으로 좋아한다면 무대가 성공할 때까지만이

라도 도와달라고 무릎이라도 꿇고 싶었다. 제발 한 번만 도와준다면 은혜를 잊지 않을 것이며 무대에서 내려오면 나머지 시간은 노인을 위해 소리하겠다고 말하고 싶었다. 그런데 그 말이 필요 없었다. 노인은 지금 당장 금파가 무대에서 소리를 그만두기를 원했다. 마지막 희망까지 사라졌다. 금파는 소리 없이 일어나 절을 올렸다.

노인은 금파를 얻기 위해 애를 쓰지 않을 것이다. 마지막 결정을 할 때 노인의 눈빛을 보았다. 시전에서 물건 고르듯 이것저것 뒤집어 보는 눈빛이었다. 그런 제안은 동무들 누구에게나 할 수 있었다. 꼭 금파가 아니더라도 양반네들은 얻고 싶은 걸 손쉽게 얻을 수 있었다.

숙소로 돌아오자 김창환이 걱정스럽게 쳐다보았다. 금파를 마주했는데 말을 꺼내지 않았다. 이미 소식을 들었을 것이다. 그렇다면 그의 걱정은 두 가지였다. 하나는 금파를 넘기는 조건으로 받을 수 있는 혜택이 사라진 것이다. 또 하나는 노인에게 금파를 소개해 주었다는 걸 알았으니 금파가 어찌 나올지 몰라 불안한 것이다. 금파는 김창환이 얻으려던 이익이 무엇인지 모른다. 재정이 부족해 단원을 이끌어 나갈 수 없다고 해도 그건 김창환의 몫이지 금파의 몫은 아니다. 또 화는 나지만 그냥 넘어갈 것이다. 소란을 일으키고 싶지 않았다.

"오늘 하루는 참 길었습니다."

"나를 원망하지 않느냐?"

"저는 누구도 원망하지 않습니다. 처지가 비슷한 사람들 끼리 원망하여 무엇 하겠습니까? 다만 저는 여자로 태어나 소리를 한다는 게 원망스럽습니다. 똑같은 사람인데도 왜 여자만 이래야 합니까?"

"남자들도 그런 제안을 받는다."

"그렇겠지요. 하지만 그들이 받는 제안은 부러움이 되고 여자들이 받는 것은 부끄러움이 되지요."

"세상이 변하고 있으니 네게도 곧 기회가 올 것이다."

"제 나이가 몇인 줄 아십니까?"

"그만 쉬어라. 세상에는 알아야 되는 일이 있고, 숨겨야 하는 일도 있다."

뒤돌아 가는 김창환에게서 늦가을의 바람이 불었다. 차 갑고 쌀쌀하지만, 기분 나쁘지 않은 바람. 김창환의 좋은 점 은 늘 사람을 긴장시키는 것이다. 만약 김세종이었다면 금 파는 울고불고 난리를 쳤을 것이다. 떼를 썼을 것이다. 원망 했을 것이다. 다시 한번 사람을 비참하게 만들면 무대를 벗 어나 돌아가 버릴 거라며 으름장을 놓았을 것이다. 한마디

도 하지 못하고 가슴에 차곡차곡 서러운 마음을 담아두었
다. 지금은 김세종을 생각하는 것조차 서러움이었다.

계향은 가짜 혼례를 치렀는데도 늘 승윤의 옆에서 지냈
다. 마치 새색시처럼 얼굴에 화색이 돌았다. 아예 소리를 그
만두고 승윤을 보살폈다. 지난날 봉동댁이 했던 일을 했다.
승윤이 입을 도포를 짓고 다림질을 하고 음식을 따로 만들
었다. 쫓아다니는 여자들과 머리채를 잡고 싸움질도 했으며
우리 서방님이, 라는 말을 달고 살았다. 금파의 기분 따위는
살피지 않고 둘이 있었던 달착지근함을 말했다. 그 말은 금
파의 몸 여기저기에 들러붙었다.

'사는 일이 서러움의 연속이구나.'

하늘을 올려다보았다. 보름달이 떴다. 마음의 틈이 갈라
져 냉기가 흐를 때마다 따스한 온기를 불어넣어 준 봉동댁
이 생각났다.

연습을 안 하면 하루는 자기가 알고, 이틀째에는 관객들
이 안다. 우리의 것은 허고 또 허고, 허고 또 허고. 그 수밖
에는 없는디, 연습 안 하고 뭐 한 거여?

봉동댁이 김세종 흉내를 내고 있었다. 꿈에서 깼으나 아

직 꿈속에서 헤매듯 모든 게 선명했다. 정신을 차릴 수가 없었다. 창문을 보니 아직은 날이 밝지 않은 듯 보였다. 소춘은 얕은 숨을 규칙적으로 내뱉으며 단잠에 빠졌다. 금파는 이리저리 뒤척였다. 정신이 더 맑아지는 듯했다. 꿈속에서나마 봉동댁을 봐서 기분이 좋았다. 옆에서 잔소리하는 봉동댁이 그리워졌다. 그러다가 봉동댁이 아주 힘들 때만 먹으라던 까만 환을 생각해 냈다. 여태껏 그것을 잊고 있었다.

쉿! 너만 알아야 혀. 아부용(啞芙蓉). 다른 말로 아편이여. 이것 챙겨 가라. 여기 들어오기 전에 마늘을 심을 때 몰래 양귀비를 같이 심었어. 그 열매를 칼로 상처 내면 하얀 진액이 나와. 그것을 고약처럼 동글동글하게 만들었어. 조금만 먹어야 해. 그러면 기분도 좋고 목소리도 잘 나올 거여. 아주 급할 때가 아니면 먹지 말어. 이것으로 중독이 되면 널 살리는 게 아니라 이것 때문에 죽을 수 있어.

봉동댁은 다른 사람이 보지 못하도록 비단 주머니에 환을 곱게 넣어주었다. 제대로 된 공연을 하지 못해 우울했다. 다음 무대에 설 때는 아주 조금만 먹어볼 것이다.

누군가 다급하게 문을 열고 들이닥쳤다. 마치 자기 방 안을 휘젓고 다니듯 거침없었다. 금파는 곧바로 일어나 허리를 곧추세웠다. 어둠 속에서 서서히 드러나는 사람은 계향이었다.

계향은 속곳 차림이었다. 정신이 나간 듯 초점을 잃은 눈으로 금파를 쳐다보았다. 분노나 원망의 눈빛이 아닌 절망의 눈빛이었다.

"계향이가 웬일이야?"

"서방님 여기에 있지?"

계향은 이불을 들어 올려 승윤을 찾았다. 자고 있던 소춘의 고개를 돌려 얼굴을 확인했다. 소춘이 소란 때문에 눈을 떴다가 눈앞에 계향이 있는 걸 보고 기겁했다.

"아악!"

"이게 무슨 짓이야? 네 서방을 왜 여기에서 찾아?"

금파는 계향의 양쪽 손목을 붙잡았다. 발버둥 치던 계향이 이불 앞으로 푹 쓰러졌다. 이제 막 태어난 새처럼 가냘프고 힘이 없었다. 이불 위에서 푸드덕거리는 게 안쓰러웠다. 거친 숨소리 때문에 가슴뼈가 오르락내리락했다. 그동안 계향을 돌보지 않은 게 미안할 정도였다. 소춘도 소리를 질렀으나 계향의 정신 나간 모습에 더는 나무라지 못했다.

"서방님이 며칠째 안 보여. 여기에 와 있는 줄 알았어."

"네 서방을 왜 여기에서 찾아?"

소춘이 짜증 난 투로 말했다. 아직은 일어날 시간이 아니었다. 소춘은 어젯밤 연회에 나갔다가 밤늦게 들어왔다. 거나하게 취한 상태라서 무척 피곤해 보였다. 오늘 아침에는 연습이 없으니 오전 내내 잠을 잘 거라고 말했었다.

"금파야, 너는 알지? 서방님이 어디에 있는지."

"몰라."

"그렇다면 내가 여기에서 서방님을 찾는 이유는 알지?"

"몰라."

"나쁜 년! 잡년!"

"진정해. 난 진짜 그 사람이 어디 있는지 몰라."

"그날, 내가 그랬어. 아무도 없는 방 안에서 소리하는 모습이 미치도록 싫었어."

"그날이라면 언제?"

"그날!"

"그때 말이야? 내가 방 안에 갇혀서 죽도록 소리하던 날?"

"나는 소리하러 나갔다가 목이 이상해서 쫓겨났는데 넌 태평하게 소리를 하고 있더라. 장작이 다 타버리듯 네 목도 다 타버리면 좋겠다고 생각했어. 그런데도 넌 끝까지 살려 달라는 소리를 하지 않더라. 독한 년. 잡년."

계향의 눈빛에 초점이 없었다. 금파를 보고 말하는 것 같기도 하고 벽을 바라보며 이야기하는 것도 같았다. 소춘이 참지 못하고 나섰다.

"가만히 있는 애를 왜 건드려? 안 그래도 니가 승윤 도령을 금파에게서 빼앗은 거 아냐?"

"잡년이라고 소문내 버릴 거야. 예전부터 잡년이었다고 그랬어. 그런 너를 내버려 두는 것은 불쌍해서라고 했어. 난 다 들었어. 무릇이라는 사내와 서방님이 하는 말."

계향이 일어나 방을 나갔다. 푸석거리는 소리가 들렸다. 금방이라도 부러질 듯 위태했다.

'잡년.'

금파는 피식 웃었다. 이제는 헛웃음밖에 안 나왔다. 잡년이라는 말은 참 질기고도 무서운 소리였다. 잡년이라 소문나면 소리는 잊히고 소문만 나돈다. 그 말을 듣지 않기 위해 고향을 버리고 부모를 버렸다. 낯선 곳에서 질경이처럼 끈질기게 살 수 있었던 것도 소리에만 매달렸기 때문이다. 어떠한 짓을 해도 그 소리를 떼어낼 수 없다는 생각에 그 말이 더는 무섭지 않았다.

공연은 이어질 듯 이어지지 않았다. 단원들을 모을 때만 해도 곧바로 고종의 칭경예식이 진행될 줄 알았으나 역병으로 취소되었다. 그 가을에 다시 하려고 했으나 영친왕이 아팠고, 또다시 해보려 했으나 홍수 피해로 그 역시 취소되었다. 그러는 사이 시간은 흘렀다. 간간이 무대에 서기는 했으나 늘 연습만 해대는 것도 지겨웠다. 간혹 돈을 벌기 위해 개인적으로 양반네들 집에 가서 소리도 했으나 그나마도 늘 끝이 좋지 않았다. 그럴수록 관객이 오지 않는다며 벌어온 돈을 극단에 빼앗기기도 했다.

계향은 방으로 돌아왔다. 서랍에서 흰 종이에 싼 약을 꺼냈다. 금파 방에서 훔친 것이다. 지난번에 먹은 약은 봉동댁 방에서 훔쳤다. 봉동댁은 뭐든 좋은 것은 금파에게만 줬다. 한성으로 올라올 때 몰래 봉동댁 방에서 약을 훔쳤다. 옷장 깊숙이 넣어둔 것을 몽땅 가져왔다.

혼례를 치른 날부터 약을 먹었다. 눈 앞에 두고도 가질 수 없는 승윤이었지만 마음을 접을 수 없었다. 깊은 잠에 빠진 승윤의 옆구리에 얼굴을 묻었다. 승윤은 몸을 뒤척이다 벽 쪽으로 돌아누웠다. 참을 수 없어 억지로 몸을 끌어당겨 손목을 잡았다. 가슴을 풀어헤치고 승윤의 손을 갖다 대어도 승윤은 헛기침만 하더니 기어코 방을 나갔다. 약을 한 개 먹고 났더니 기분이 나아졌다. 그러다가 약이 없으면 살 수 없게 되어버렸다.

계향은 덜덜 떨리는 손으로 약을 전부 입에 털어 넣었다.
승윤이 멀리할수록 금파가 미워졌다. 금파만 아니면 승윤을
자기의 것으로 만들 수 있다고 생각했다. 방 안으로 무례하
게 들어서는 여인네들은 경쟁 상대가 되지 않았다. 승윤의
눈은 오로지 금파에게만 머물렀다.

승윤이 다가오는 것처럼 느껴졌다. 옷고름을 풀고 거친
숨소리와 함께 얼굴을 파묻는 승윤, 승윤의 몸에서는 솔잎
향기가 났다. 고개를 다시 들어보니 승윤이 아니라 처음 몸
을 주었던 노인이 보였다. 송충이를 털듯 몸에서 털어냈다.
그러자 이번에는 방 안이 동굴로 변했다. 어둠 속을 달리는
듯한 기분이 들었다. 몸의 구멍이란 구멍에서 땀이 났다. 땀
은 폭포수가 되어 흐르는 듯했다. 정신을 차릴 수가 없었다.
의식이 희미해졌다. 계향은 그대로 눈을 감았다.

금파는 옷을 곱게 차려입고 계향의 방으로 향했다. 언제
라도 승윤을 만나게 된다면 초라한 모습을 보이고 싶지 않
았다. 번번이 공연이 무산되어도 승윤은 인기가 좋았다. 한
번씩 다른 극장으로 공연 갈 때면 남들보다 큰 돈을 받았
다. 값을 부르면 부를수록 비싸졌다. 그러는 사이 대세는 다
시 창극에서 판소리로 바뀌고 있었다. 고수만 있으면 소리

꾼은 어디서든 공연할 수 있었다.

"계향아, 안에 있니?"

소리를 지르고 나간 지 한 식경도 안 되었다. 그동안 화가 진정되기를 기다렸다 단장을 하고 나섰다. 금파는 몇 번이고 밖에서 계향을 불렀다. 대답이 없었다. 승윤의 신발이 없는 거로 봐서 혼자 있는 게 분명했다. 아직은 계향의 화가 덜 풀렸을지도 몰랐다. 그런 사람에게 자기 일을 무작정 따질 수도 없었다. 지금은 승윤 도령 때문에 흥분해서 다른 말은 들리지 않을 것이다. 그런 사람 앞에서 구구절절 지난한 이야기를 꺼낼 수 없었다. 하지만 잡년 소리를 들어도 금파가 어떤 삶을 살았는지는 말해 주고 싶었다.

"계향아, 난 너한테 잡년 소리 들을 만큼 세상을 허투루 살지는 않았어. 오해가 풀렸으면 좋겠어. 다시 올게."

최대한 진정하여 진심을 말하고 싶었다. 거짓이라도 다 끌어모아 마음을 돌리고 싶었다. 무대에서 내려오더라도 남의 손이 아닌 스스로 내려와야 모양새가 났다. 조금만 더 기다리면 알아서 내려올 생각이었다.

이곳에서 의지할 사람은 승윤과 계향뿐이었다. 다른 사람들은 몇 년을 참지 못하고 고향으로 돌아가 버렸다. 한성으로 올라오면 무조건 성공할 줄 알았다. 그러나 버티고 버

터야 한 자리라도 얻을 수 있었다. 굶주림의 연속이었다.

주변을 한 바퀴 돌고 왔는데도 댓돌에는 여전히 계향의 신발이 그대로 방치되어 있었다. 금파는 툇마루에 철퍼덕 주저앉았다. 새벽부터 마음 쓴 게 억울했다. 동무의 흠을 캐서 욕보이려는 계향이 괘씸하게 느껴지기도 했다. 잠시나마 비굴한 마음을 가진 게 부끄러웠다. 진실이 다가와도 끝끝내 부정해야 했다. 진실은 언제든 뒤바뀔 수 있다. 승윤과 계향의 관계처럼 언제든 거짓인 채로 남겨둘 수 있었다.

"나쁜 년, 네가 내 동무라면 그렇게 하면 안 되는 거야. 승윤 도령이랑 너랑은 진짜 혼례를 치른 게 아니야. 네 진짜 서방이 아니란 말이야. 그러면서 남을 흉보면 안 되지."

마치 계향이 눈앞에 있는 것처럼 천천히, 또박또박, 힘주어 말했다. 조용하지만 따지는 것을 넘어 훈계하는 투가 짙었다. 그런데도 아무런 반응이 없었다. 금파는 계향이 그랬던 것처럼 방문을 거칠게 열고 들어갔다. 계향은 이불을 뒤집어쓴 채 반응이 없었다. 괘씸한 마음에 이불을 확 잡아당겼다.

"나쁜 년! 일어나 봐!"

계향은 대답이 없었다. 아니, 대답을 할 수 없었다. 입에 거품을 문 채 숨이 멎어 있었다. 다 삼키지 못한 환이 요 위에 흩어져 있었다.

"사람 살려주시오!"

금파는 고래고래 소리를 질렀다. 사람들이 몰려들었다. 온 세상이 뿌옇게 보였다. 금파는 그대로 주저앉았다. 다리에 쇳덩이가 매달려 있는 것처럼 움직일 수 없었다.

마지막으로 기억나는 사람은 계향이었다. 행수였다. 사동이다. 김세종이다. 김창환이다. 아니, 승윤이었다. 금파는 그대로 쓰러져 오래도록 잠을 잤다. 그 뒤에 무슨 일이 있었는지 기억나지 않았다.

7.
앞 과정 뒤 과정도 없이

금파는 노루잠을 잤다. 이상하게 손목과
발목이 화끈거렸다. 가슴도 숯불을 올려놓은 듯 뜨거워 금
방이라도 타버릴 것 같았다. 햇살마저 얼굴을 태울 듯 강렬
했다. 금파가 실눈을 뜨고 주변을 살폈을 때 사람들이 금파
주위로 몰려들었다. 계향이 누워 있던 자리는 흔적도 없이
말끔했다. 새 이부자리가 깔려 있고 시렁 위에는 계향이 사
용했던 바느질감이며 옷을 만들다 남긴 천 조각도 없었다.
계향과 방 안의 모든 것이 다 증발해 버린 것 같았다.

사람 중에서 유독 도드라진 사람이 있었다. 김세종. 예전
의 묵직함과는 달리 입으로 계속 무언가 말하고 있었다. 입
모양을 따라 했다.

아무 말도 하지 마.

곧바로 경찰들이 들이닥쳤다. 금파의 양쪽 팔을 하나씩

들고 짐짝처럼 질질 끌고 갔다.

경시청 중앙에는 경시총감이 의자에 삐딱하게 앉아 있었다. 직접 나서는 것은 이례적인 일이었다. 사무를 보기보다는 관객 같았다. 금파를 머리부터 발끝까지 천천히 살폈다. 몸이 푹푹 꺼지는 것 같았다. 다 타버린 숯불처럼 재가 되었다. 몸을 움직일 때마다 사라져 버릴 것 같았다. 정신을 바짝 차려야 했다. 계향의 죽음을 최초로 목격한 사람이니 이것저것 물어볼 것이다. 어디서부터 어디까지 말해야 할지 망설여졌다. 소춘이 이 자리에 없으니 계향이가 한 말은 거짓으로 고해도 될 듯싶었다.

아무 말도 하지 마.

김세종은 무엇을 알고 있었을까? 제자가 죽었는데도 왜 말하지 말라고 했을까? 승윤 때문일까? 아니면 소문이 나면 공연에 차질이 생겨서 감추려는 걸까?

금파는 고개를 저었다. 사이가 서먹해졌다고 하나 김세종은 지금까지 뒤를 봐준 스승이었다. 공연하는 데 피해를 본다고 해서 옳지 못한 일에 입을 다물 사람은 아니었다. 승윤과 계향만을 챙기는 김세종에게 서운함이 있었다. 밀려나는 느낌이 강했다.

"이름?"

"허금파입니다."

"나이?"

"올해 서른입니다."

"이름과 나이가 참인가?"

"참입니다."

"그걸 확인하려면 시간이 오래 걸리니 됐고. 네가 본 대로 말해 보아라."

경시총감은 심문을 빨리 끝내고 싶어 했다. 곧 무대에 서야 할 사람이 자살했으니 큰 사건이었다. 사람들을 불러다 놓고 금파에게 자초지종을 듣고자 함은, 다들 알다시피 이렇게 되었다고 공표하려는 것이다. 이런 진실이 있으니 더는 귀찮게 굴지 말고 흩어져라. 사소하고 시시한 사랑싸움이거나 무대에 서야 하는 공포 때문에 심약한 사람이 자살한 것이다. 사람들은 어느 쪽이든 소문을 퍼 나를 것이다. 계향의 죽음은 오래도록 소문으로 남을 것이고 소문에 소문이 곁가지를 치고 자라 무성한 숲이 될 것이다.

"계향이 갑자기 찾아와 화를 내었습니다. 뭔가 제게 오해가 있는 것 같은데 해명할 시간도 주지 않고 나가버렸지요. 저는 계향에게 사과하러 갔다가 조용하기에 밖으로 나갔습니다. 시간이 지나 이만하면 풀렸을 거로 생각하고 문을 열자 그만……."

"오해가 뭔지 아는가?"

"모릅니다."

"여하튼 자네는 죽음 이후에 계향을 본 것이지. 그런데
두 번이나 문 앞에서 서성였다는 걸 본 사람이 있네. 그것
에 대해서는 어떻게 생각하는가?"

심장이 놀라서 밖으로 튀어나올 것 같았다. 숲에서 길을
잃은 사람처럼 진땀이 났다. 이마에 난 땀을 소맷부리로 닦
는데 닦고 나면 곧바로 또 흥건해졌다. 몸이 바들바들 떨렸
다. 계향을 죽인 것도 아닌데 죽인 사람이 된 것 같았다. 혼
미한 사이 정말로 죽였을지도 모른다는 생각이 들자 두 손
바닥을 펴서 찬찬히 훑었다. 아무래도 사람을 죽인 흔적 같
은 것은 없었다. 경시총감도 자살했다고 말했었다. 그런데
도 찜찜했다. 금파는 사람들 속에서 승윤을 찾았다. 승윤이
침통한 얼굴로 김세종과 함께 서 있었다.

"그건 조금 전에도 말했습니다. 사과하러 갔다가 조용하
기에 밖으로 나왔다가 다시 돌아간 거라고요."

"오해라면서 사과는 왜 하지? 둘 사이에 무슨 일이라도
있었는가? 아니면 계향의 서방을 두고 머리채라도 잡았는
가?"

"경시총감님! 그건 고인에 대한 예의가 아닌 듯하옵니다."

김세종이 불같이 화를 냈다. 경시총감이 어깨를 으쓱했다. 능구렁이 열 마리쯤 들러붙어 있었다. 속을 살살 긁으면서 자극했다. 이런 경우에는 화를 내는 쪽이 지게 되어 있었다.

"그대는 누구인가?"

"저는 죽은 계향의 스승이자 금파의 스승이고, 계향의 남편인 승윤의 스승입니다. 모두 제 사람입니다."

경시총감의 시선이 김세종에게 쏠렸다. 덩달아 사람들도 김세종을 훑어보았다. 소문난 김세종의 얼굴을 가까이에서 보려 등을 밀치는 사람도 있었다.

경시총감이 히죽 웃었다.

"유명한 분이 오셨네. 그럼 이만 심문하고 끝을 내겠네. 이번 사건은 단순 자살일세."

사람들이 구시렁거렸다. 자살 이유에 대한 의문이 남아 있었다. 그러나 계향이 직접 한약방에 들러 독약을 준비했고 자살할 때 옆에 남아 있던 약도 같은 성분이라는 점을 들어 사건을 접는다고 했다. 인생을 살다보면 잘 살다가도 한순간의 잘못된 판단으로 자살할 수도 있다고 덧붙였다.

금파는 자신의 방에서 사라진 약에 대해 함구했다. 비단 주머니에 곱게 넣어두었던 게 어느 날부터인가 양이 줄었다. 처음에는 별일 아니라고 생각했다. 계향이 약에 손을 댄 것은 전혀 몰랐다. 남은 약은 옷가지 속에 남아 있다. 방을 뒤지기라도 한다면 영락없이 금파가 약을 제공한 꼴이 된다.

사람들이 흩어졌다. 경시총감이 방 안으로 들어오라는 손짓을 했다. 김세종이 앞장섰다. 금파가 뒤를 따랐고 승윤이 함께했다. 예전에 주 영감네 집에서 나올 때처럼 셋이었다. 무리한 요구에도 절대 휘둘리지 않을 사람들이었다. 지금은 상황이 달랐다. 자살은 맞다. 금파는 '잡년'에 포함된 숱한 경우를 생각했다. 김세종과 승윤이 어디까지 알고 있는지 궁금했다. 부부가 된 승윤이라면 더더욱 이유를 알고 있을지도 모른다. 계향이 찾아와서 한 말은 고하지 않았다. 먼저 이야기를 꺼낼 수 없었다.

경시총감이 손짓으로 앉으라고 했다. 일본식 탁자와 병풍이 눈에 띄었다. 심부름꾼을 불러 차를 내오게 했다. 세 사람은 엉거주춤 앉아 서로의 눈빛이 닿지 않게 고개를 돌렸다. 경시총감이 세 사람에게 각각 차를 따라주었다. 아무도 마시지 않았다. 남들 앞에서 공표한 것처럼 사건을 마무리

할지는 알 수 없었다. 언제든 변할 수 있을 것처럼 보였다.

경시총감이 녹차를 홀짝이다 천천히 입을 뗐다.

"그냥은 안 되는 거 알지요?"

"원하시는 게 있으면 말씀하십시오."

"안 되는 이유를 먼저 물어야지요."

"무슨 말씀입니까?"

"계향이 죽은 것은 독약이 아니라 아편 중독이었소. 소리 꾼 중에 아직도 아편을 하는 사람이 있나 봅니다."

"그럴 리 없습니다."

"그럴 리 있습니다. 아는 사람은 다 알지요. 그게 어디서 나왔을 것 같소? 이미 고창에서부터 금파가 아편을 소지했다는 첩보를 들었지요. 모른 척해준 것도 큰 은혜였소."

"누가 그런 말도 안 되는 소문을 낸답디까? 사실이 아닙니다."

"동리정사를 후원하던 사람 중 하나이니 소문이 틀리지는 않을 겁니다. 아니면 사람들을 보내 동리정사를 뒤져볼까요?"

"그건 비상약이었습니다. 아편인 줄 몰랐습니다. 죽여주십시오."

금파가 낮게 엎드리며 울부짖었다.

"더는 말하지 않겠소. 계향은 독약으로 자살한 거요. 무마해 주는 대신 원하는 것을 들어주시오."

"말씀하십시오."

김세종이 비장하게 대꾸했다. 망설임이 없었다. 체념의 빛이 진했다.

"이번에 우리 아버님이 칠순 잔치를 하는데 그쪽 사람들을 불러야겠소."

"제가 어르신을 위해 정성껏 소리를 하겠습니다."

"스승님!"

"금파 너는 가만히 있거라. 어르신이 말씀하시고 있잖느냐! 그걸 소지하고도 모른 척했더냐? 그러고도 네가 진정한 소리꾼이더냐?"

금파는 할 말이 없었다. 계향이 찾아와서 했던 말을 사실대로 말할 수도 없었다. 소춘을 불러 증인으로 내세울 수도 없었다. 사방이 막혔다. 예전에 꿈을 꾼 적이 있다. 사방팔방 뛰어다녀도 그 앞에는 호랑이가 있었다. 얼굴도 몸도 짓무른 괴물이 있었다. 금파가 살 곳은 위로 올라가는 방법뿐이었다. 지금 상황과 같았다.

"단원 전체를 불러서 화려하게 하고 싶소."

"그것은 좀 곤란합니다. 그렇게 되면 하루 공연을 하지 못하게 됩니다. 손해가 이만저만이 아닐 것입니다."

"심문을 다시 열까요? 그 약이 어디서 와서 이렇게 계향의 손으로 가게 되었는지 말입니다."

"어떻게든 하겠습니다. 날짜와 장소만 일러주십시오."

"이건 내가 부탁하는 거지 강요는 아닌 거 알지요?"

경시총감이 또 히죽 웃었다. 김세종도 어색하게 따라 웃었다.

밖으로 나오자 김세종이 말없이 앞장섰다. 두 사람이 뒤를 따랐다. 앞서 가는 김세종의 어깨가 땅에 닿을 듯했다. 승윤도 고민이 깊은 듯 입을 꾹 다물고 걸었다.

"스승님, 하루 공연을 못 하면 손해를 어찌 감당하시겠습니까? 지금이라도 제가 가서 안 된다고 말씀드리겠습니다. 환을 가진 것은 제 잘못이지만 한 번도 먹지 않았다고 말씀드리면 되지 않겠습니까? 그래도 안 되면 모든 책임을 제가 지면 됩니다."

억울했지만 해결할 방도가 없었다. 금파만 원하는 것이 아니라 단원 전체를 원했다. 금파 때문에 전체에게 해를 끼치는 일이 되었다. 벌어놓은 돈도 없으니 돈으로도 해결할 수 없었다.

"계향은 고창에 있을 때부터 끈질기게 치근대는 이가 있

었다. 그 사람이 이곳까지 찾아왔고, 혼인했는데도 계속 치
근대서 괴로움에 자살을 한 거다. 승윤에게 미안해서 방을
비운 사이 일을 저질렀다."

"진실이 아니잖습니까?"

"거짓도 진실로 만드는 세상이다."

"마지막에 저를 찾아왔습니다."

"묻어라. 아무 말도 하지 마. 여기서 끝이다. 공연 준비나
해라. 뒷일은 내가 책임질 거다."

"스승님!"

"승윤을 챙겨라. 심약한 아이다. 차라리 둘을 혼인시키지
않았으면 좋았을걸. 말리지 못한 내 죄가 크다."

김세종이 입을 꾹 다물었다. 어떠한 말을 해도 대답하지
않겠다는 뜻이다. 쇠심줄 같은 성격은 절대 변하지 않았다.

금파와 승윤은 신방으로 돌아왔다. 누군가 새 이부자리
를 깔아놓았다. 승윤은 눕지 못하고 벽 쪽에 등을 대고 주
저앉았다. 몸을 웅크리고 고개를 숙였다. 어깨가 가늘게 떨
리더니 이내 폭풍우가 내리는 것처럼 흔들렸다. 금파는 가
만히 승윤의 어깨를 쓰다듬었다. 둘의 관계가 어떻게 되었
든 계향의 죽음은 충격이었다.

"내 탓이야. 내 탓. 계향은 진짜 부부가 되길 원했어."

"스스로 선택한 거잖아요. 자책하지 마시오."

"마음을 너무 늦게 알아버렸어. 내 안에 계향은 없고 다른 이가 살았다는 것도 알아버렸어. 숨길 수 있다고 생각했는데 숨길 수 없었어."

승윤은 옷장에서 상자를 꺼냈다. 상자를 조심히 열자 한지로 곱게 포장된 떨잠이 나왔다. 비녀 끝에 커다란 나비가 달려 있었다. 옥색과 비취색과 호박색과 노란색과 빨간색 등. 색색들이 고운 보석이 박혀 있었다. 한눈에도 비싸 보였다. 귀한 사람에게 주는 선물 같았다. 이걸 계향이 보았으니 화를 낼 만도 했다.

"이것 때문에 죽음을 택했다면 계향 인생이 너무 불쌍하지 않소?"

"아니, 계향에게 사랑은 전부였어. 난 그 사랑을 배신한 거고."

"혼례를 치른 것은 계향의 선택이었소."

승윤이 상자를 금파에게 내밀었다. 금파는 머뭇거렸다.

"주인에게 주시오. 나는 이런 것 필요 없소. 그 상대가 궁금하긴 하나 묻지 않겠소. 그건 도령의 문제니까."

"네 것이다!"

금파가 상자를 바닥에 떨어뜨렸다. 귓가에 들린 말을 믿을 수 없었다. 승윤은 금파를 다정하게 불러준 적이 없다. 사랑한다고 고백한 적도 없다. 금파의 주변을 맴돌며 놀려 댔고, 소리할 때는 걸림돌이 되기도 했다. 그럼에도 유일하게 소리로 금파를 긴장시키는 사람은 승윤이었다. 그뿐이었다. 떨잠은 금파의 것이 되면 안 되었다. 승윤은 그것을 계향에게 주어야 했다. 사랑이든 아니든 그걸 봤다면 설레고 기대했을 것이다. 기대가 무너지고 분노가 되는 순간 어떻게든 마음을 꾹꾹 눌러 밟았을 계향이었다.

금파는 아무것도 모른 채 계향을 원망했었다. 숱한 날을 같이한 동무가 협박한 것에 실망했었다. 금파의 과거에 대해 어디서부터 어디까지 들었는지 모르지만 그것을 다 발설해 버릴까 봐 두렵기도 했었다.

"난 절대 이것을 받을 수 없소! 나는 모르는 일이오! 추문 때문에 무너지고 싶지 않단 말이오. 내가 그것을 지키려고 어떤 노력을 했는데 나한테 왜 이러시오!"

"금파야."

"나쁜 놈! 승윤 도령은 참 나쁘오."

방문을 거칠게 밀고 나왔다. 그러다가 팔짱을 끼고 서 있는 소춘과 마주쳤다. 소춘의 눈은 계향의 것이었다. 눈매가 비슷해 마치 계향이 쳐다보는 것 같았다. 금파가 잡을 새도 없이 소춘이 사라졌다. 순간 붙잡아야 한다는 생각이 들었다. 계향이 금파에게 와서 난동을 부리던 모습도, 계향이 죽은 신방에서 승윤과 함께했던 것도, 떨잠을 들고 금파를 쫓아 나서는 승윤의 모습도 감춰야 했다. 소춘이 말없이 뒤돌아섰다면 이미 다른 사람들의 입방아에 오르내릴 일이다.

"불에 태우거나 갖다 버리시오. 여기에서 있었던 일은 모르는 일이오. 다른 사람이 손가락질해도 참아야 하오. 그래야 계향에게 조금이라도 죄를 빌 수 있소."

김세종과 김창환은 한 치의 양보도 없었다. 몇 번의 큰소리가 오갔으나 쉽게 결판이 나지 않았다. 김창환이 더는 참지 못해 합죽선을 던지고 방을 나갔다. 김세종은 조용히 눈을 감았다.

어떤 결정을 하든 그 결정은 모두를 위한 선택은 아니었다. 잠시 소나기를 피해 가는 원두막이었다. 그 비를 피하자고 하룻밤 공연을 날릴 수는 없었다. 그렇다고 경시총감의 명을 어기는 날에는 아예 오를 무대가 사라질 수도 있었다. 단원들 사이에서 여기저기 볼멘소리가 터져나왔다.

"제자 하나는 잘 두었네. 그 잘난 제자들 때문에, 아니,

덕분에 우리는 푹 쉴 수 있겠구먼."

빈정거림은 김세종의 얼굴과 목에 들러붙어 모욕감을 주었다. 그러나 이미 벌어진 일이고 경시총감의 말을 거절할 수도 없었다. 공연하겠다고 약조했으니 어기는 날에는 그야말로 모두가 죽음에 이르는 길이자 피할 수 없는 비였다.

그쪽에서 서둘러 사건을 마무리 지으려 할 때 눈여겨봐야 했다. 음흉한 눈빛 뒤에 숨어 있을 의도가 마음에 걸렸다. 김세종이 부랴부랴 사건을 끝맺을 수밖에 없었던 것은 소문 때문이다. 경시총감도 협률사에 자금을 대고 있을지 모른다. 소문이 나봤자 서로 이득이 되지 않는다.

승윤은 정신이 나간 상태에서 주변을 살폈다. 모든 일이 자신의 탓이었다. 금파를 향한 마음을 분명하게 밝혔더라면…… 계향과 가짜 혼례를 하지 않았더라면…… 소리를 하지 않았더라면…… 집을 나오지 않았더라면……. 생각이 꼬리를 물고 이어졌다. 그럴수록 누군가 가슴에 숯불을 켜놓은 듯 속이 바싹바싹 타들어 갔다. 뭔가를 결정하고 책임을 지는 것은 두려운 일이다. 소리를 하기 위해 가문을 버렸을 때도 그랬다. 그 고통이 너무 지독해서 다른 것은 책임지고 싶지 않았다. 금파를 만나기 전까지는 그럴 줄 알았다.

귀신의 목소리를 가진 금파를 이길 수 없었다. 마음에서 지울 수도 없었다. 갖지 못할 사람이었으나 옆에만 있어도 살 것 같았다. 계향이 자신을 지그시 바라보는데도 금파를 향한 마음을 접을 수가 없었다. 가짜 혼례를 치러야 할 때도 계향이라 다행이었다. 금파였다면 진짜 신부로 만들어버렸을 것이다.

계향과 같은 방에서 잠들 수 없었다. 몸을 자유롭게 뒤척일 수도 없었다. 자신을 바라보는 계향의 눈빛이 너무 고요하고 따뜻해서 차마 냉정하게 바라볼 수 없었다. 그렇다고 마음에도 없는 계향을 품을 수도 없었다. 그건 계향을 위한 일이었다. 금파를 위한 일이었다. 자신을 위한 일이었다. 막상 계향이 생명줄을 놓았을 때 깨달았다. 자신이 너무 이기적이고 잔인한 사람이었다. 자신 때문에 일어난 일이기에 나서서 마무리 짓고 싶었다.

승윤은 무작정 김세종을 찾아갔다.

"스승님, 저는 오늘로 죽은 사람입니다. 더는 무대에 서지 않겠습니다."

"내 탓이다. 내 욕심이 과했다. 인기는 거품 같은 것인데 그냥 놔둘걸."

"저도 동의했던 일입니다."

"급하게 생각하지 말고 천천히, 두고두고 고민해야 해. 한순간의 감정으로 모든 걸 포기하기에는 너무 억울하지 않으냐?"

"아닙니다. 그동안 제가 너무 우유부단했습니다."

침묵이 이어지는 동안 호롱불이 바람에 일렁였다. 오랫동안 고민을 해도 해결책을 찾을 수 없었다. 하룻밤 공연이면 단원 전체가 사흘은 먹고살 만한 돈이 되었다. 소춘대를 빌린 값도 지급해야 했다. 억울하나 경시총감의 청을 들어줘야 했다. 약속을 어기면 어떠한 일이 발생할지 모르는 사람이 없었다. 김창환은 이런 식으로 소문이 돌면 다른 이들도 단원들을 트집 잡아 사사로운 일에 동원시킬 거라 말했다. 그건 김세종도 승윤도 모르는 바는 아니었다.

"이 일은 제가 해결하겠습니다. 저 때문에 벌어진 일입니다."

"뾰족한 수가 있느냐?"

"며칠 말미를 주십시오. 제가 해결하기 전에는 어떤 결정도 하지 마십시오. 금파는 모르게 해주십시오."

"너무 조급하게 생각하지 마라. 나도 주변에 도움을 청해볼 것이니."

승윤은 조용히 밖으로 나와 하인을 불렀다. 발이 빠른 사람이 필요했다. 고향으로 가서 승윤의 소식을 전하고 돈을 마련해 올 사람. 중간에 돈을 가로채지 않을 사람. 그는 무릇이 필요했다.

승윤이 처음에 무릇에게 원한 것은 금파의 과거였다. 금파의 흠을 찾고 싶었다. 비밀을 캐지만 절대 다른 사람에게 발설하지 않도록 여러 번 다짐받았다. 승윤은 금파의 비밀을 쥐고 마치 금파의 속을 들여다보는 것처럼 굴었다. 단단하고 곧은 금파를 휘어잡으려 했다. 금파는 부러질 듯하면서도 용케도 잘 견디었다. 그 와중에 이런 변고가 생겼다.

무릇은 새벽이 돼서야 나타났다. 그동안 승윤은 한숨도 자지 못했다. 눕기만 하면 눈앞에 계향의 얼굴이 나타났다. 두렵기도 하고 안쓰럽기도 해서 만지면 연기처럼 사라져버렸다. 신경이 예민해졌다. 스스로 다독여도 마음은 쉽게 가라앉지 않았다. 죄책감과 괴로움에 잠을 이룰 수가 없었다.

승윤은 한지처럼 창백해진 얼굴로 무릇을 맞았다. 무릇은 승윤을 똑바로 볼 수 없었다. 금파에 대한 정보 중 몇 개는 승윤에게 주었고, 다른 몇 개는 주 영감에게 주었고, 다른 몇 개는 노인에게 줬으며 다른 몇 개는 경시총감에게 주었다. 그 과정에서 소문을 부풀렸다. 잡년 중에 잡년이라는 말을 덧붙이기도 했다. 돈을 조금 더 준다고 하면 그 사람의 입맛에 맞게 사건을 조작했다. 그들에게 진실 같은 것은 중요하지 않았다. 증거를 내밀 수 없어 반박할 수 없는 말을 퍼트렸다. 금파가 억울해도 자신의 소문에 대해 수용할 수밖에 없도록 교묘하게 계획을 짰다.

무릇은 산속에서 금파를 처음 본 날을 잊을 수 없었다. 자신을 바라보던 금파의 말똥말똥한 눈에서 깊은 샘물을 발견했다. 목마른 이의 목을 축축하게 적실 정도로 달곰했다. 금파는 그런 무릇의 마음을 모른 척했다. 무릇도 탐을 내지 않았다. 금파를 관아에 데려다주고 몇 년이 흘러 우연히 다시 고창에서 봤을 때 그동안 꾹꾹 눌러놓았던 감정이 되살아났다.

금파의 모든 것을 찾아오게. 한 가지에 백 냥을 주겠네. 은밀하게 행해야 하네.

금파에 대해 많은 걸 묻는 승윤에게 질투가 났다. 처음에는 알고 있는 것도 속였다. 나중에는 다른 사람에게도 똑같이 했다. 속이고, 과장하고, 마음대로 꾸몄다. 승윤의 마음이 진심이 아니라 바람처럼 흘러가는 거라면 적당한 선에서 멈췄을 것이다. 질투심을 참을 수 없었다.

숱한 날을 기둥서방을 바꿔가며 살아온 여자입니다.

여기까지 온 것도 실력보다는 남자를 이용한 것입니다.

금파는 부모로부터 버려져서 사내에 대한 집착이 심합니다.

한 번 하니 어려웠고, 두 번 하니 쉬웠다. 세 번 하니 멈출 수가 없었다. 승윤이 잘되는 꼴을 보고 싶지 않았다. 무릇은 은근하게 계향을 부추겼다.

"고향으로 가서 편지를 전해줘야겠네. 돈을 받을 때까지는 오지 마소. 아버님이 돈을 안 줄 수가 없을 것이네."

"알겠습니다. 곧바로 내려가겠습니다."

"아직도 금파에게 마음이 있는가?"

"무슨 소리입니까?"

"헛소문이 돈다네. 아무리 생각해도 그 사람은 금파를 연모하는 사람 같네. 사랑을 이루지 못한 질투심으로 인한 말들이 들리네."

"다녀오겠습니다."

"무릇, 금파를 위해주게나. 부탁함세."

무릇이 고개를 숙였다. 뒤를 돌아나가는 발걸음에 흐트러짐이 없었다.

"이 또한 내 탓이구나. 뒤를 캐지 않았더라면 좋았을걸.

금파를 금파로 인정하고 내버려 두었더라면 좋았을걸."

무릇을 고향으로 보내자 이상하게 잠이 왔다. 계향을 생각할 겨를도 없었다. 바깥의 일이 걱정되기도 했으나 아직은 시간이 남았다. 무릇이 예정대로 돌아와 준다면 모든 게 정리될 수 있었다. 기다리는 동안 밀린 잠을 잤다. 느릿하게 일어나 밥을 먹었고 소리 공부도 하지 않았다. 간혹 아직도 담 너머로 승윤을 보러 온 사람이 있으면 손을 들어 화답을 해주었다. 소리 공부를 하면서 적었던 종이를 꺼내 모두 불태웠다. 북은 동무에게 주었다. 도포 몇 벌은 김세종을 위해 깨끗하게 손질을 부탁해 두었다.

일이 해결되면 외출하듯 숙소를 빠져나갈 것이다. 영원히 사라진다고 생각하면 슬픔이 차올랐다. 외출한다고 생각하면 언제든 돌아올 날을 기약할 수 있었다. 그래야 복잡한 마음이 차분해질 것 같았다. 미련이 남아 순간순간 원점으로 돌리고 싶었다. 죽은 계향에게는 미안했으나 금파에게 직접 사랑을 고백하고 싶었다. 김세종이 선택했으니 모르는 척 손해가 나거나 공연을 하지 못해도 외면하고 싶었다. 인간이라면 그럴 수 없다는 걸 너무나 잘 알았다. 그렇게 하고 나면 가장 견디지 못할 사람이 자신이라는 것도 뻔했다. 기다리는 동안 행동은 느긋했으나 가슴은 너무 조마조마했다.

무릇이 돌아왔다.

한시도 쉬지 않은 듯 얼굴이 거칠했다. 검게 탄 피부는 등나무 줄기처럼 바짝 말라붙었다. 승윤은 무릇이 숨을 고를 시간도 주지 않고 답을 요구했다. 무릇은 숨을 헐떡이며 고개를 끄덕였다. 봇짐에서 돈을 꺼냈다.

승윤은 그 돈을 가지고 김창환을 찾아갔다. 김창환은 돈을 보자 승윤을 뚫어지게 쳐다봤다.

"하룻밤 공연비입니다."

"이런 걸 어떻게?"

"아무것도 묻지 마십시오. 부족하지는 않을 것입니다. 돈을 구했으니 단원들에게 피해가 가지 않도록 해주십시오."

"굳이 이렇게 할 일인가?"

"특히 고창에서 온 사람들을 먼저 생각해 주십시오. 금파가 무대에 설 수 있도록 도와주십시오."

"후회는 없는가? 가만히 있으면 자네는 어떻게든 살아남을 수 있네. 불필요한 사람들을 제거할 수 있는데도 포기할 셈인가?"

"저는 이미 죽은 사람입니다. 오늘로 이곳을 나가겠습니다. 모든 일은 함구해 주십시오."

"그러겠네. 나를 원망하지 말게나. 나는 이곳을 책임져야

할 사람이네. 그 책임은 단원들을 먹여 살리는 일까지 포함
된 거네."

"건강히 지내십시오."

승윤이 방문을 조심히 닫고 나왔다.

하늘을 올려다보았다. 바다보다 푸른 하늘 때문에 눈이
시렸다.

후드득. 볼과 손등에 눈물방울이 떨어졌다. 승윤은 괜히
헛기침하며 소맷자락으로 얼굴을 훔쳤다.

'잘했어, 이승윤. 이제 너는 다시 길을 찾으면 돼.'

승윤은 맨몸으로 숙소를 빠져나왔다. 시전 앞에서 어디
로 갈지 망설였다. 고향으로 돌아가기까지 오랜 시간이 걸
릴 것이다. 한 달이 걸릴 수도 있고 일 년이 걸릴 수도 있었
다. 집으로 돌아가지 못하고 길거리에서 굶어 죽을 수도 있
었다. 두렵지 않다면 거짓말이었으나 두렵지 않았다. 이미
죽은 사람이 되기로 했으니 실제로 죽는다고 해도 손해날
일은 없었다.

승윤은 가장 먼저 고향이 있는 남쪽으로 발길을 돌렸다.
가다가 힘들면 쉬어 가고 돈이 없어 밥을 굶으면 소리를 해
서 생을 이어나갈 것이다. 스승에게 마지막 인사도 못한 채
길을 나서는 게 예의는 아니었으나 지금은 다른 방도가 없

었다.

'아버님, 소자의 마지막 청입니다. 어디에 쓸지는 묻지 마십시오. 가능한 한 빨리, 가능한 한 많이 보내주십시오. 안부도 묻지 마십시오. 무릇이라면 어떤 사람인지 아실 테니 그를 통해 보내주십시오. 돈만 보내주시면 아버지가 원하는 삶을 살겠습니다.'

앞 과정도 뒤 과정도 없이 무턱대고 돈을 달라고 했다. 구구절절한 내용은 필요하지 않았다. 아버지는 명문가에서 소리꾼이 나오는 꼴을 절대 두고 볼 수 없다며 승윤을 쫓아냈다. 그러나 주 영감과의 일을 빌미로 앞에서는 책망을 해도 뒤로는 승윤의 일을 봐주었다.

갈 곳을 정하지 못하니 집에서 나올 때처럼 막막하고 막연했다. 그러나 모두를 위해서라도 살고 싶어졌다. 살기 위해 죽은 척을 해야 하고, 죽기 위해 살아야 했다. 하늘을 올려다보았다. 햇살이 반짝였다. 어디를 가든 살 수 있을 것 같았다.

8.
소문은 소문으로

'소문은 소문으로 지운다. 어떻게?'

김창환은 조정에서 내려온 공문을 보며 한숨을 지었다. 관리자들이 바뀌면서 공연은 점점 사업성을 요구받았다. 수익이 되고 안 되고를 먼저 따졌다. 1902년에 설립된 회사가 6여 년을 지나오는 동안, 공연한 날보다 문을 닫은 날이 더 많았다. 앞으로 사흘 간의 공연에 협률사의 운명이 달려 있었다. 이번에도 성공하지 못하면 다른 사람의 손으로 넘어가거나 아예 문을 닫게 될 수 있었다. 자금을 댄 부자들과 일본인들이 벼르고 있었다. 조선 최초의 연희극장이 그들의 손에 달려 있었다.

단원 대부분이 천한 신분이니 소문도 많았다. 여자와 남자가 한 무대에 선다거나 길거리에서나 부를 얼굴 붉힐 만한 걸쭉한 표현들이 그대로 나온다며 말이 돌았다. 거기에

다 승윤과 계향의 가짜 혼례라든가, 금파와 얽힌 이야기가 번지면서 평판은 더욱 안 좋아졌다. 어떤 이들은 극단을 떠나 양반들의 후처가 되었다. 양반을 희롱하여 돈을 요구하는 일도 벌어졌다. 어수선할수록 이탈자가 많았다. 근근이 다른 생활을 하면서 무대에 설 날을 기대하던 단원들도 불만이 많았다.

'한성 고아원 설립 기금 마련을 위한 자선 공연.'

한성에는 고아들이 많았다. 길거리를 떠돌다 하천에 움막을 짓고 살거나 불량배들에게 잡혀가 몸을 팔기도 하고 시전을 돌며 도둑질하는 아이들이었다. 조정에서는 그런 아이들을 위해 고아원을 만든다고 했다.

이번 공연은 자선 공연이었다. 고아원 설립 자금을 모으려는 목적도 있지만, 단원들에 대한 평판을 바꾸려는 의도가 컸다. 평판이 좋아야 앞으로도 공연할 수 있었다. 단원들은 아직 그 사실을 모른다. 공연도 하고 고아들도 돕고, 그저 좋은 일을 한다고 생각했다.

조정에서는 공연하는 날 고아들을 몇 명 데리고 오기로 했다. 아이들의 가난함을 보여주고 관객들에게 동정심을 얻으려는 속셈이었다.

김창환은 무대 위에서 연습하는 단원들을 물끄러미 쳐다

보았다. 몇 년을 같이해서 그런지 가족 같았다. 사흘 뒤엔 어찌 될지 모르니 더욱 애틋했다. 공연이 잘 끝나도 단원들의 운명은 알 수 없었다. 러일전쟁에서 이긴 일본의 자금이 많이 들어오고 있었다. 몇 년이 더 지나면 협률사도 일본인의 소유가 될 것이다. 극장뿐만 아니라 나라 전체가 일본인의 소유가 될 수도 있었다.

일본인들은 우리나라 최초의 서양식 무대를 자신들을 위한 무대로 바꾸고 싶어 했다. 일본에서 들어온 신파극이나 이인직의 〈은세계〉 같은 새로운 공연을 하고 싶어 했다. 이를 계기로 계몽하려는 의지가 강했다. 그러자면 전통 연희 공연을 하는 사람들은 밀려날 수밖에 없었다. 연희 공연자들은 그들이 공연하는 무대 중간에 사람들의 이목을 끌기 위해 민요를 부르는 역할로 밀려났다. 협률사가 생기고 난 뒤에 전국에 극장이 많이 들어섰다. 특색 없이 극장 수만 늘어나자 협률사에서 운영하는 소춘대도 재정의 어려움을 겪었다. 고관들은 이를 구실 삼아 협률사에서 원각사로 이름을 바꾸고 모든 걸 새롭게 바꿔 이익을 보려 했다. 그리고 이익의 일부는 일본인들에 바치려고 했다.

유생들은 창극 공연을 금지해야 한다는 비난을 퍼붓기도 했다. 사람들에게 일본인들의 창극을 보게 하여 조선을 망치게 한다고 했다. 창극은 일본이 대한제국군을 해산시키고 백성의 관심을 돌리려는 못된 수단이라고 했다. 나라가 바로 서야 일본을 물리칠 수 있는데 난잡한 공연 때문에 교육에도 방해가 된다고 했다. 일본의 신파극을 여는 곳이 나중에는 일본의 역사를 가르치는 곳이 될 거라며 극장을 없애자는 목소리를 높였다.

김창환의 운명조차 어떻게 될지 몰랐다. 아직은 김창환도 무대에서 인기가 많았다. 키가 크고 소리가 우렁찼다. 소리 중간중간에 부채질을 한 번 해도 관객들이 좋아서 환호성을 질렀다. 그런 김창환도 지금은 여기저기 눈치만 보고 있었다. 고관들이 하는 말도 들어야 했고, 유생들의 말도 참고해야 했다. 돈을 버는 게 우선이었지만 돈을 벌자고 나라를 망치는 일도 하고 싶지 않았다. 상황이 어떻게 돌아가든 마무리는 잘하고 싶었다.

사흘 동안 아무런 성과도 내지 못하면 그동안 했던 고생이 헛수고가 되었다. 참고 버텼던 단원들이 문제였다. 김창환은 단원들만은 책임져 주고 싶었다. 처음에는 고종의 명령으로 꾸려진 사람들이었지만 일을 맡은 사람은 김창환이었다. 전국에 흩어진 사람들을 모으고 다듬고 그들이 설 무대를 만든 사람이니 마지막도 좋아야 했다. 소리하며 유랑하는 사람들이 한곳에 정착할 수 있도록 돕고 싶었다. 하지만 그마저도 쉽지 않았다. 다시 유랑의 삶을 살더라도 먹고 살 돈은 마련해 주고 싶었다.

"금파, 이리 좀 와보게."

금파는 큰 사건이 있었는데도 묵묵히 소리를 이어갔다. 속을 알 수 없었다. 금파는 승윤과 계향을 툭툭 털어냈다. 그 안에 잠긴 슬픔의 무게를 짐작할 수 없었으나 겉으로는 멀쩡해 보였다. 예전에 승윤에게 그랬듯 지금은 사람들이 금파에게 몰렸다.

숱한 고비를 넘기고 무대에 오른 금파는 월매로 최고의 인기를 누리고 있었다. 곧 죽을 사람처럼 소리했다. 울림통에서 소리를 다 뽑아내듯 우렁차고 깊었다. 그런 까닭에 극단의 무성한 소문에도 불구하고 금파에 대해서는 호의적이었다. 어디를 가든 금파에 대한 이야기로 가득했다. 숙소에서 무대까지 얼마 되지 않는 거리를 사람들에 둘러싸여 오가는 것도 힘들었다. 금파는 사람들의 시선을 은근히 즐기는 듯했다. 처음 이곳에 왔을 때보다 소리가 진해졌고 맛이 깊었다. 오랫동안 금파의 소리를 들었던 김창환마저도 금파의 소리를 들으면 가슴이 먹먹해졌다. 금파의 소리는 늘 새로웠고 늘 슬펐다.

"어르신, 부르셨습니까?"

"공연 준비는 잘되는가?"

"물론입니다. 고아들을 위한 공연이니 더더욱 신경을 써야죠. 공연을 성공시켜야 그들이 더는 더럽고 추운 곳에서 살지 않겠지요. 가난하다는 이유로 가난을 증명해야 하는 비참함도 없어지고요."

"고맙네. 어서 가서 연습하시게. 혹시 무슨 문제라도 있거든 얼른 말하고. 내가 뒤를 봐주겠네. 혹여 행패를 부리는 이는 없던가?"

"없습니다."

"노파심에 하는 말이네. 자네 인기가 많아져 혹시 예전의 승윤처럼 일이 벌어질까 싶어 말이야."

"그럴 일은 없습니다."

"믿어도 되겠는가?"

"믿지 마십시오. 물음 속에 이미 의심이 들어 있습니다."

"내 사정도 있지 않은가. 미안하게 됐네. 얼른 연습하게."

금파는 머리를 숙여 공손하게 인사를 했다. 칼날 같던 날카로움도 어느덧 부드러움으로 바뀌었다. 그 부드러움 때문에 더욱 긴장해야 했다. 예전의 금파라면 예측할 수 있었으나 지금은 어떤 속으로 살고 있는지 감을 잡을 수가 없었다. 공연하는 동안은 열정적이었다. 끝난 뒤에는 방에서 나오지 않았다. 딱히 걱정되는 일은 하지 않았다. 무대 의상을 손질하거나 직접 만들었고 소춘이나 다른 이들한테 화장하는 법을 배우기도 했다. 그 외에는 멍하니 앉아 생각에 잠겨 있었다.

금파는 무대로 돌아와 머릿속으로 동선을 그렸다. 이몽룡이 과거에 급제해 돌아오는 길과 월매의 통곡 소리가 이어지는 장면까지 어떻게 움직여야 할지를 확인했다. 움직임이 틀어지면 서로 겹치거나 멀어져 어색해지는 때도 있었다. 지난번 춘향이를 맡았던 준기가 이번에는 이몽룡 역할을 맡았다. 그사이 훌쩍 자라 어엿한 청년이 된 준기가 얼굴을 붉히며 다가왔다. 금파와 나이 차이가 많이 나는 준기는 금파를 친누이처럼 편하게 생각했다.

"누님, 이번 공연이 마지막이 될 수 있다는 소문을 들으셨어요?"

"들었네."

"어떠십니까? 저는 마음을 잡지 못하겠습니다. 어떻게 해야 하는지도 모르겠고요."

"사흘 뒤의 일은 나도 모르겠네. 하지만 지금은 공연만 생각하세. 김창환 어르신도 아직은 어떻게 진행되는지 명확하게 모르시는지 아무 말씀 없으시네."

"어떻게 하시겠습니까?"

"오늘 공연은 잘할 수 있겠는가?"

"떠나야 한다는 생각을 하면 공연이고 뭐고 다 집어치우고 싶습니다."

"오늘은 지난번처럼 공연 중에 갑자기 웃거나 밀치는 행동은 하지 마소. 아니면 눈짓을 하든가."

서로 말이 엇갈렸다. 서로 듣고 싶어 하는 걸 듣지 못해 다행이었다. 대놓고 이야기하면 상대가 더 불안해질까 봐 참고 있었다.

오늘 공연은 저녁 공연이었다. 단원들은 일찌감치 저녁을 먹었다. 창극에 앞서 무용수들이 춤을 췄고, 곡예사들의 줄타기도 재미있게 끝났다. 이제 마지막 공연으로 창극이 남았다. 오늘 금파가 맡은 부분은 춘향이 변 사또의 수청을 거절하여 옥중에 갇히는 장면이었다. 춘향의 처참한 신세와 이몽룡에 대한 그리움을 담아야 했다. 그걸 바라보는 어미의 처절한 마음을 쏟아내야 했다.

소춘은 춘향이 되어 머리를 풀어헤치고 목에 칼을 차고

있었다. 금파는 창살 아래 갇힌 소춘을 원망하며 바닥에 주
저앉아 통곡했다.

정신없는 사람 모양으로 히미하게 보이는 얼굴을 서로 물끄럼
이 보더니만 어사또 눈물을 뚝뚝 흘리며 하는 말이, "저 형상이
웬일이냐? 선녀같이 아름답던 네 모양이 날로 하여 저 꼴이 되
었구나. 장부 심장이 다 녹는다."

'옥중가'의 대목을 할 때였다. 가운데에 앉은 아이가 울
음을 터뜨렸다. 그 아이를 보느라 고수의 박자를 놓쳐버렸
다. 고수는 추임새를 넣으며 멈춰 있는 금파를 쏘아보았다.
얼른 다음 대목을 하라는 표시였다. 관객들도 응원의 박수
를 쳐주었다. 그 틈을 타서 눈물을 삼켰다. 도둑숨을 쉬고
마음을 가라앉혔다. 그리고 춘향을 향한 어미의 애처로운
마음을 다시 한번 창으로 쏟아냈다. 아이는 말없이 앉아 눈
물만 흘렸다. 다른 아이들은 철없이 장난을 치고 있었다. 순
간 가슴에 돌덩이가 내려앉는 것 같았다.
　아이, 아이가 눈에 밟혔다. 부모를 잃고 고생한 티가 역력
했다. 열 살도 안 되는 여자아이의 모습에서 금파는 과거 자
신의 모습을 발견했다. 자신이 두고 온 아이도 생각났다. 부

모를 떠나 스스로 길을 찾아나섰던 금파. 배고픔보다는 사람들의 멸시 때문에 더 서글펐던 나날을 보냈다. 금파의 아이도 금파보다 더 서러운 날들을 견디고 있을 것이다.

저 아이, 저 아이를 닮은 아이가 그리웠다. 금파의 아이도 저만큼 자랐을 것이다. 반듯한 이마와 오뚝 솟은 콧날, 작은 입술로 옹알이를 하던 아이가 그리웠다.

동리정사에 있을 때 옆 마을에 두고 먼발치에서나 가끔 봤던 아이. 갈 곳도 돈도 없어 관아를 떠나지 못했던 금파를 새사람으로 만들어줬던 영감. 금파는 소리를 하는 대신 영감의 아이를 낳았다. 아이는 영감이 원하는 것을 지키겠다는 금파의 의지였다. 그 아이를 키워보지도 못하고 보냈다. 금파가 도망가지 못하도록 옆에 살면서 애간장을 녹였다. 가까이에 있으면서도 아이를 볼 수 없었다.

공연이 끝났을 때 온몸이 눈물과 땀에 젖어 있었다. 소복을 입고 춘향이를 애달프게 쳐다보는 장면에 맞춰 눈물이 흘렀다. 고수가 북채를 내려놓고 금파를 쳐다보았다. 사람들도 일제히 숨을 몰아쉬고 금파를 쳐다보았다. 전기가 나가버린 것처럼 조용하고 아무것도 보이지 않았다. 그때 아이가 일어나 손뼉을 쳤다. 그러자 다른 이들도 손뼉을 쳤다. 홍수로 둑이 터지는 것처럼 박수 소리가 터졌다. 금파는 참

왔던 숨을 뱉었다. 아이와 눈이 마주치자 밝게 웃었다.

공연은 성공적으로 끝났다. 무대에 불이 꺼지고 공연장 문이 닫혔는데도 사람들은 그 앞을 서성였다. 금파의 손이라도 잡기를 원했다. 금파는 고개를 숙여 기다리고 있던 사람들에게 인사했다. 금파를 위해 옷을 지어주는 이도 있었고, 가락지를 선물하는 사람도 있었다.

"우리 집에 가서 밥이나 먹을까요?"

"아니, 이렇게 유명한 사람이 어찌 성님 집에 가서 저녁을 먹는단 말이오? 우리 집이 더 낫지. 안 그렇소?"

"이 자식이 은근히 사람을 무시하네. 우리 집이 뭐가 어때서?"

사내들이 멱살을 잡고 으르렁댔다. 금파가 두 사람을 말렸다.

"이곳 단원들은 공연이 끝나면 다른 곳으로 갈 수 없습니다. 같이 모여서 내일 올릴 곡을 연습해야 합니다. 마음은 고맙게 받겠습니다."

사람들이 아쉬운 듯 흩어졌다. 금파는 마치 승윤이 된 것 같았다. 처음으로 괜찮은 사람이 된 것 같았다. 사람다운 사람이 된 것 같았다. 승윤이 놓치고 싶지 않아 했던 감정도 이해가 되었다. 귀찮으면서도 기뻤다. 그건 승윤이 느끼던 감정보다 더 깊은 것이었다.

금파는 높이 올라갈수록 우러러보는 사람들에게 함부로 대하고 싶은 생각도 들었다. 우월감이었다. 놓치고 싶지 않았다. 금파는 인기가 많아질수록 점점 주 영감과 이 영감처럼 자신을 멸시했던 남자들을 닮아갔다. 다른 한편으로는 자신을 좋아해주는 사람들을 일일이 찾아가 감사의 뜻으로 원하는 대목을 불러주고 싶은 생각이 들기도 했다. 금파는 갈피를 잡을 수가 없었다. 좋으면서도 화가 나고 짜증이 났다가 불안했다.

둘러보면 문제가 되는 일은 아무것도 없었다. 두고 온 아이를 닮은 고아를 만났으나 그것은 입만 다물면 세상 밖으로 나오지 않을 것이다. 김세종은 알고 있어도 말을 하지 않을 것이다. 무릇이 또 다른 이에게 말했는지 알 수 없었다. 모르는 일은 모른 채 두면 된다.

잠을 자고 싶었다. 피곤했는데도 잠이 오지 않았다. 목도 잠기는 것 같았다. 금파는 손수건을 목에 둘렀다. 타고난 성량이 풍부해서 목을 따로 관리하지 않았었다. 잠을 못 잔 탓인지 요즘에는 소리가 끝나면 바로 목이 부었다. 잠자리에 누워 뒤척였으나 끝내 잠을 이루지 못했다. 밤사이 소춘은 들어오지 않았다.

소춘이 어디에서 자고 오는지 얼핏 짐작이 갔다. 소춘도 인기가 많았다. 젊은 소춘의 얼굴에 빛이 났다. 소춘만 따로 불러 어디론가 데려가는 이도 있었다. 그러는 날에는 숙소로 돌아오지 않았다. 공연 시간이 다 되어서야 나타났다. 그런 소춘에게서 꽃향기가 났다.

자선 공연의 마지막 날은 여느 날보다 소리가 잘 나왔다. 공연도 성황리에 끝났다. 사흘 동안 모은 돈으로 한성에 고아원을 지을 수 있게 되었다는 소식이 들렸다. 무대 위의 걸쭉한 입담을 흥보던 사람들이 칭찬하기 시작했다.

공연은 성공했으나 이번에도 자금이 문제였다. 협률사를 운영할 만큼은 모으지 못했다. 잠시 협률사의 문을 닫는다고 한다. 이제껏 그랬던 것처럼 기다리고 있으면 누가 운영을 하더라도 공연은 다시 열릴 것이다. 공연이 중단되어도 인기를 얻었으니 한동안은 일을 쉬어도 되었다. 금파뿐만 아니라 단원들도 그렇게 생각했다.《황성신문》과《제국신문》에도 공연의 성공을 알리는 기사가 실렸다. 전국 방방곡곡으로 소문이 퍼졌다.

소문을 소문으로 막았다.

어디를 가든 창극 이야기였다.

어디를 가든 금파 뒤에는 사람들이 쫓아왔다.

금파는 승윤과 달리 숙소에만 숨어 있지 않았다. 사람들을 몰고 다녔다. 금파의 행동 하나하나가 관심의 대상이었다. 금파를 보겠다며 숙소 앞을 서성이거나 소춘대 앞에서 밤을 지새우는 사람들도 있었다. 다른 극장에서도 비슷한 공연이 열렸으나 금파만큼 인기를 얻지는 못했다.

9.
내가 서는 곳이 무대

금파는 소춘과 마지막 짐을 정리하고 숙소를 나왔다. 그동안 협률사의 주인이 여러 번 바뀌었다. 바뀔 때마다 공연에 잡음이 많았다. 고아원을 짓기 위한 자선 공연을 마지막으로 더는 공연이 열리지 않았다. 이번에 또 주인이 바뀐다는 소문이 돌았다. 일본인의 투자를 받은 사람이라고 했다. 주인이 달라질 때마다 창극은 소외당하기도 했고, 오히려 더 활발하게 공연되기도 했다. 아직은 단원이 남아 있었으나 금파는 일본식 공연이 되어가는 창극에서 주인공을 하고 싶지 않았다. 월매 역으로 인기는 높았으나 억지로 무대에 서고 싶지 않았다.

소춘은 길게 늘어뜨렸던 머리를 돌돌 말아 올리고 모자를 썼다. 한복 대신 서양식 정장을 입고 뾰족구두를 신었다. 소춘이 걸을 때마다 또각 소리 때문에 멀어지는 듯한 느낌이 들었다. 세련미가 넘쳤다. 금파는 자신의 옷매무시를 가다듬었다. 한복을 곱게 차려입은 모습이 소춘의 모습과 비교되었다. 그러나 소춘처럼 복식을 바꾸고 싶지는 않았다. 아무리 서양식이 유행이라지만 우리 것을 노래하는 사람은 우리의 옷을 입어야 했다.

"금파. 아니, 금파 언니. 그동안 고마웠어."

"나도 마찬가지야. 이렇게 헤어지려고 하니 서운하네. 마지막으로 묻고 싶은 게 있어."

"지난 일은 다 묻어둬. 꺼낸다고 한들 달라지지 않아. 그건 그렇고 진짜 나랑 같이 안 갈 거야? 거기에 가면 소리는 못 해도 주인공으로 만들어 준다잖아. 일본식이면 어떻고 조선식이면 어때? 난 어디서든 주인공만 하면 돼."

"말해 줘. 계향이가 한 말을 다른 사람에게 전하지 않은 이유가 뭐야? 네가 말을 했더라면 난 무대에 서지 못했을 거야. 그랬다면 너는 나보다 더 유명해질 수도 있었어."

"우리 같은 년들한테 말 못 할 사연이 왜 없겠어. 내가 왜 한성 말을 썼다가 대구 말을 썼다가 그랬겠어? 다 상황에 맞게 사는 거지. 그게 이유야."

"고마워. 이 말은 꼭 해주고 싶었어."

"진짜 단성사로 안 갈 거야? 그곳은 여기보다 사정이 더

낫다고 그러잖아."

"아니, 가지 않을래."

"언니는 그 고집 없었으면 진즉에 죽었을 거야. 잘 가."

소춘이 휙 돌아서서 걸어갔다.

금파도 소춘과 다른 방향으로 돌아서 앞을 향해 걸었다. 어디로 갈지는 밥을 먹고 나서 정할 생각이다. 금파는 한성에 처음 왔을 때 묵었던 주막으로 향했다. 이대로 고창으로 내려갈지 아니면 내려가다 연희가 열리는 곳을 찾아 소리를 할지 고민이 필요했다.

사거리를 지나 조금 한가한 곳으로 가려는데 자동차 한 대가 금파 앞에 멈춰 섰다. 금파는 습관적으로 주먹을 불끈 쥐었다. 자동차를 타는 사람이라면 신분이 높거나 일본인인 경우가 많았다. 예감이 좋지 않았다.

"월매? 아니, 금파지. 어디를 가시는 건가?"

능글맞은 웃음 속에 칼날이 숨겨진 사람이었다. 경시총감. 지난번 일 때문에 그를 일부러 피했다. 몇 번이고 개인적으로 불렀으나 대꾸하지 않았다. 주변 사람들이 안 가면 화를 당한다고 걱정했다. 경시총감의 무리한 요구가 없었다면 승윤은 떠나지 않았을 것이다. 며칠만 미루면 될 행사를 군이 공연 날로 정해서 극단 전체를 위험에 빠뜨린 인물이었다. 금파는 고개를 숙이고 되도록 얼굴을 마주치지 않으려 했다. 그렇다고 대놓고 무시하고 길을 나서기에는 그의 권력이 너무 셌다.

"경시총감님이 아니십니까? 이런 곳에서 뵙다니 너무 반갑습니다."

"타!"

"저는 갈 곳이 있습니다. 먼저 가시지요."

"타!"

금파가 머뭇거리는 사이 운전석에서 남자가 뛰어나와 금파의 팔을 잡았다. 금파는 남자의 몸이 닿지 않게 손을 들었다.

"내가 타겠소."

남자가 뒷문을 열어주었다. 금파는 경시총감 옆에 앉았다. 자동차는 금파가 가려던 곳과 다른 방향으로 달렸다. 몇 번이라도 문을 열고 뛰어내리고 싶었다. 이대로 어디로든 끌려가면 소리 소문 없이 사라질 수도 있었다. 정신을 바짝 차려야 했다. 금파는 마른침을 삼키며 침착한 척했다. 경시총감의 손이 금파의 허벅지에 닿았다. 뱀 한 마리가 꿈틀대는 것 같았다.

"내가 여러 번 불렀을 텐데? 난 금파처럼 나이 든 여자가 좋아. 금파의 소리를 들으면 나도 모르게 눈물이 난단 말이야. 이상하지? 난 일본인이 되었는데도 유독 조선의 소리는 잊히질 않아."

"공연 연습하느라 일정이 촉박했습니다. 죄송합니다."

"소춘대에서 공연을 못하니 이제는 한가하겠지? 개인적으로 나한테 소리해 줄 시간도 충분하고?"

"당연히 그래야지요. 그러나 지금은 제가 갈 곳이 있는데 여기에서 내리면 안 될까요?"

허벅지를 더듬던 손이 갑자기 멈췄다. 경시총감의 얼굴이 딱딱하게 굳었다.

"지금일세. 내게 소리를 해주는 시간 말이야."

금파는 고개를 돌려 창밖을 바라보았다. 한성 시내를 지나 외진 곳으로 가고 있었다.

자동차가 멈춘 곳은 한적한 요릿집이었다. 금파는 경시총감을 따라 내렸다. 경시총감은 망설임 없이 앞장섰다. 금파는 여기저기 살폈다. 운전사가 버티고 있으니 도망치기도 쉽지 않았다.

경시총감이 들어서자 보이들이 방을 안내했다. 뜻밖에도 그 자리에 주 영감과 이 영감이 있었다. 그들도 금파를 보자 놀란 눈치였다. 경시총감은 금파를 옆에 앉혔다. 올무에 걸린 토끼 같았다. 한 사람에게서 빠져나간다고 해서 될 일이 아니었다. 특히 이 영감이 승윤의 아버지라는 사실을 알고 난 뒤에는 죄스러운 마음에 쳐다볼 수 없었다.

"우리 인연이 깊네, 허금파. 자, 술 한 잔 받으시게."

주 영감이 조롱하듯 말했다. 금파는 술잔을 받아 단숨에 마셨다.

"고창 사람들이니 다들 얼굴은 알겠구만. 특히 허금파는 유명한 사람이니 모르는 사람이 없을 테고. 이 영감! 당신 아들이 협률사에 돈을 보낸 이유가 누구 때문이라고 했소?"

"어떤 잡년인데 그년이 누구인지를 모르겠습니다."

이 영감이 금파를 죽일 듯 노려봤다.

"잡년은 잡년이라서 매력이지. 이번에는 두 사람이 어떤 이유로 찾아왔소? 그 많은 돈을 주고 나와 다리를 놓은 사람이 누구요?"

"헤헤, 경시총감님. 이분으로 말씀드리자면 고창 제일의 부자이시고 집안 대대로 명문가 집안이고……."

주 영감이 물 흐르듯 이 영감의 내력을 외워댔다. 경시총감이 이맛살을 찌푸렸다.

"용건만 간단히."

"제 아들을 찾아주십시오. 아무리 버린 자식이지만 이태째 집으로 돌아오지 않고 있습니다."

"승윤 도령이 어디를 가셨단 말이오? 집으로 가시지 않으셨습니까?"

"닥쳐라, 이년아! 모두 다 네 탓이다!"

경시총감이 술잔을 탁탁 내리쳤다. 금세 원망하는 소리가 사라졌다. 이 영감은 고개를 숙이고 납작 엎드려 읍소했다. 금파는 경시총감에게 술을 따랐다. 방 안의 운명이 모두 경시총감에게 달려 있었다.

김세종이 고향인 순창으로 떠날 때 승윤의 이야기를 해주었다. 금파는 그것도 모르고 일이 잘 해결되었다며 기뻐했었다. 모든 게 금파의 탓이라고 말하기에는 너무나 늦어버렸다.

금파는 승윤이 떠난 날을 잊을 수 없었다. 언제 떠나겠다는 말은 하지 않았으나 느낌으로 알 수 있었다. 밝게 웃으며 손에 나비 떨잠을 들고 있었다. 금파의 머리에 꽂아주면서 손을 꼭 쥐었다. 금파는 승윤의 모습이 사라질 때까지 오래도록 뒷모습을 바라보았다. 승윤을 만나고 처음으로 안쓰럽다는 생각을 했다. 알 수 없는 죄책감이 들기도 했다. 무릇에 대한 원망이 들기도 했다. 끝내는 자책으로 괴로웠다.

승윤이 고향으로 잘 돌아간 줄 알았다. 양반집 도령으로 돌아가 정해진 사람과 혼인도 하고 자식도 낳으면서 행복하게 살 거라 믿었다. 마음에 병이 났겠으나 아버지의 눈을 피해서라도 소리는 하고 살 줄 알았다. 그런데 이태가 다 되도록 고향으로 가지 않았다고 한다. 어디에서 헤매고 있을지 걱정되었다. 금파는 머리에 꽂아두었던 떨잠을 빼서 손에 감싸 쥐었다. 승윤을 남자로 받아들일 수 없어서 서러운 날도 많았다. 고창에 두고 온, 몰래 숨겨둔 아이가 없었더라면 금파도 승윤을 거부하지 않았을 것이다.

"아들을 찾아주는 대신 내가 원하는 게 있소."

"말씀만 하십시오."

"내가 다른 극장에 투자해서 공연장을 운영하고 싶은데 여자 주인공이 필요하오."

"돈을 들여서라도 한성에서 제일가는 여자를 찾아내겠습니다."

"좋지. 그런데 지금 이 자리에 내가 원하는 여자가 있소."

"허금파요?"

두 영감의 눈이 휘둥그레졌다. 금파도 너무 놀라 들고 있던 술잔을 떨어뜨렸다.

"저는 누구의 것도 아닙니다. 고향으로 돌아가 조용히 살고 싶습니다. 무대에 설 여인이라면 저보다 젊고 유능한 아이들이 얼마든지 있습니다."

이번에는 금파가 머리를 조아렸다. 이 자리에서 벗어나고 싶었다. 김세종이 보고 싶었다. 승윤이 보고 싶었다. 계향이 보고 싶었다. 봉동댁이 보고 싶었다. 아무리 벗어나려고 해도 벗어날 수 없는 수렁에 빠진 것처럼, 자꾸만 누군가 금파의 발목을 잡고 아래로 끌어내리는 것 같았다.

경시총감이 보이들을 불렀다. 귓속말로 지시하자 그들이 금파를 붙잡았다. 금파는 소리도 지르지 못하고 그들의 손에 이끌려 나갔다. 사내들이 금파를 끌고 간 곳은 요릿집의 밀실이었다. 안채와 멀리 떨어져 있어 소리를 질러도 들리지 않을 것 같았다.

"귀한 사람이니 조심히 대접하게."

밀실은 생각보다 아늑했다. 고급 이부자리와 가구들이 있었다. 일본식이라는 게 걸렸으나 갇힌 게 아니라면 며칠 묵어도 좋을 듯 이색적이었다. 금파는 빠져나갈 궁리를 했다. 소리 하나만 믿고 산에서 내려와 오랜 시간 버텼다. 그동안 숱한 고비를 넘겼듯 이번에도 잘 넘어갈 것이다. 주 영감과 이 영감이 돈이 많다고는 하나 경시총감이 승윤의 행방과 아무 관련 없는 금파를 그들에게 넘기지는 않을 것이다. 이런 생각을 하고 나니 여유가 생겼다. 한시도 긴장을 늦추지 않아야 했으나 더는 피할 곳이 없어 마음을 굳게 먹기로 했다.

밀실에 갇혀 있는 시간은 의외로 길었다. 이레가 지났는데도 연락이 없다. 그동안 시중 드는 사람이 와서 밥을 차려주고 필요한 것을 물었다. 시시때때로 간식도 챙겨주었으며 요릿집 안에서는 돌아다녀도 된다고 했다. 고창으로 온 다음 날부터 김세종이 부를 때까지 애써 참고 기다렸던 이레가 생각났다. 두 손과 두 발은 자유로웠으나 마음은 온통 기다리게 한 사람들에게 붙들려 있었다.

밤이 되어도 후텁지근한 열기 때문에 견디기 힘들었다. 창호지에 비친 별빛만은 아름다웠다. 금파는 더위를 식히려 마당으로 나갔다. 안채에서 전깃불이 반짝였다. 바람이 부나 눈이 내리나 꺼지지 않는 전깃불. 금파는 전깃불 같은 사람이 되고 싶었다. 순간 혹 사라지는 사람은 되고 싶지 않았다. 전깃불도 시시때때로 꺼졌다. 그래서 사람들은 건달불이라 불렀다. 전깃불은 꺼져도 곧 다시 켜질 것을 알기에 기다리면 되었지만 무대 위에서는 한 번 사라지면 끝이었다.

여름밤이라 그런지 사람들이 마당에 나와서 술을 마시고 있었다. 주 영감과 이 영감이 눈에 띄었다. 그들은 여자들에 둘러싸여 술잔을 돌리고 있었다. 이 영감은 술에 취해 몸을 가누는 것도 힘들어 보였다. 주 영감은 뱀 같은 혀를 날름거리면서 여자들의 귓불에 대고 속삭였다. 이 영감이 흐느적거리면서 금파 앞으로 다가왔다. 금파는 피하지 않았다. 자식을 잃은 걸 금파 탓을 하니 질책을 당한다고 해도 반박할 수 없었다. 자신도 안타까워 하고 있다는 걸 조금이나마 보여주고 싶은데 어떻게 해야 할지도 몰랐다. 이 영감이 금파의 양 어깨를 잡고 흔들었다.

"너 때문이야. 너만 아니었으면 우리 승윤이는 그렇게 원하던 판소리를 계속할 수 있었어. 네가 망친 게야!"

"죄송합니다, 어르신."

"부모는 절대 자식을 버릴 수 없는 법이거늘……."

"제 입에서 나오는 말은 죄송하다는 말뿐입니다. 부디 노여움을 푸시고 승윤 도령을 찾아주십시오."

"입 닥치거라! 네가 이래라저래라 할 일이 아니다. 모든 화의 근원이 네년이다. 차라리 이 자리에서 너랑 나랑 죽자!"

이 영감이 금파의 목을 조였다. 금파의 몸이 이리저리 흔들렸다. 정신을 차릴 수가 없었다. 차라리 잘된 일이다. 말짱한 정신으로 이 영감의 욕을 다 받아내기에는 그 슬픔을 감당할 수 없었다. 이 영감은 이내 금파 앞에 고꾸라졌다. 주 영감이 실실거리면서 다가왔다. 온몸에 땀이 스며드는 것처럼 끈적했다. 보기만 해도 몸서리쳐졌다.

"이년이 예전부터 사내 여럿을 잡았지. 결국에는 한 사람, 아니, 두 사람을 죽였잖아? 계집은 자살하고, 사내놈은 제 손으로 사망 신고를 해서 사라지고."

"주 영감님과는 무관한 일입니다. 함부로 말하지 마십시오."

"니가 춘향이냐? 아님 딸년을 팔아먹은 월매냐? 무대에 선다고 신분이 바뀔 것 같으냐?"

"비꼬는 소리일랑 마십시오. 주 영감님께서 우리네들의 고통을 알기라도 하십니까? 우리 같은 것들을 사람 취급이나 하십니까?"

"그게 네 특기지. 가진 것도 없는 년이 고양이처럼 날카롭게 울부짖어 보아라. 길에 사는 고양이도 먹이만 주면 길들일 수도 있는데, 그걸 모르느냐? 난 어떻게 해서라도 널 내 손으로 길들일 게다."

금파는 대꾸하지 않았다. 두 영감을 피해 도망친다고 한들 얼마 못 가 잡힐 게 뻔했다. 고창이었다면 산속 아니면 깊은 외딴 마을에라도 숨을 수 있었다. 여기에서 탈이 나면 고창에 못 간다. 아이를 위해서라도 무사히 가야 했다. 금의환향은 못하더라도 허금파라는 명성으로 얼마든지 독립해서 아이를 먹여 살릴 수 있었다.

"대꾸를 안 하는 이유가 뭐냐?"

주 영감이 웃음을 거두고 금파의 목덜미를 움켜쥐었다. 쇠락한 노인의 힘 치고는 쇠망치 같았다. 숨통이 끊어질 것 같았다. 금파는 저항하지 않았다. 버텨야 했다. 죽음의 문턱까지 참으면 주변 사람들이 말릴 테고 그렇게 되면 경시청에 가서 신고하면 된다. 신고해도 주 영감은 금방 풀려날 것이다. 알고 있는데도 주 영감의 면전에 모욕을 빽빽이 심어주고 싶었다.

"그 손 놓으시오! 감히 내 앞에서 무엇 하는 짓이오!"

벼락 같은 소리가 떨어졌다. 주 영감이 화들짝 놀라 손을 풀었다. 금파는 숨을 몰아 내쉬었다. 아파서 죽을 것 같았다. 더 아프다고 켁켁거리는 연기를 해야 했다. 급한 상황에서도 머리는 바삐 움직였다.

"경시총감님, 죄송합니다. 이년이 하도 말을 안 들어서

혼 좀 냈습니다. 못된 것들은 뽑아내거나 밟아버려야죠."

주 영감이 능글맞게 말했다. 경시총감이 이맛살을 찌푸렸다.

"그건 내가 할 일이지, 당신의 소관이 아니오. 경계를 모르는 사람은 용서할 수 없소."

"아이고, 죽여주십시오. 다 경시총감님을 위해서 한 일입니다."

주 영감이 무릎을 꿇고 싹싹 빌었다. 주변에 몰렸던 사람들이 히죽거렸다. 이 영감은 땅바닥에 주저앉아 넋두리했다.

"차라리 막지 말 것을, 그냥 제 하고 싶은 대로 놔두었으면 사라지지는 않았을 것인디. 집에 오면 모든 것이 해결되는디. 왜 오지를 않을꼬."

금파는 이 영감을 일으켜 세웠다. 이 영감은 순순히 따랐다. 경시총감이 눈빛으로 지시했다. 보이들이 이 영감을 데리고 갔다. 사람들도 흩어졌다. 큰소리가 나지 않아도 질서 정연하게 움직였다. 금파는 경시총감에게 인사를 올리고 뒤돌아섰다. 경시총감이 안채가 아닌 밀실로 따라왔다. 발걸음 소리를 들으니 심장도 울렁거렸다.

'저는 어떤 사내도 허락할 수 없습니다.'

위급한 상황이 되면 또박또박 일러줄 참이었다. 경시총감은 자리에 앉아 뜻밖의 제안을 했다.

"나를 도와줄 것인가? 도와만 준다면 신파극의 여주인공은 언제든 금파에게 주겠네."

"싫습니다."

"부와 명예를 준다는데 왜 거절하는가? 인기만 끌면, 아니, 지금도 충분히 인기가 있으니 그것만 이용한다면 조선 제일가는 여자가 될 수 있네. 그렇게 되면 주 영감 같은 사람이 함부로 대하지 못하지."

"열다섯 살에 관기가 되기 전부터 저는 소리로 살았습니다. 판소리는 남녀의 음역이 없습니다. 소리를 할 때면 저는 남녀를 벗어나 오롯이 한 사람이 됩니다. 죽을 때까지 소리와 함께 살다 죽고 싶습니다."

"신파극의 주인공이 된다고 해서 소리를 못하는 게 아니야. 공연이 없을 때는 판소리를 하면 되잖나?"

"판소리의 좋은 점은 대목 대목을 나눠 판을 만들어 소리하는 점입니다. 한 사람이 여러 대목을 하면서 소리 그림을 만들어내지요. 춘향이 대목에서는 춘향이가 되고, 월매 대목에서는 월매가 되지요. 판이 벌어지지 않으면 소리도 무용합니다."

"형태만 바뀌는 것이네. 소리 대신 연기를 하면 되는 거지. 아니면 중간중간 소리를 넣어도 되지. 그러면 신세가 바뀐다는데 그래도 싫은가?"

"저는 소리하는 사람들의 처지를 바꾸고 싶었습니다. 멸시와 조롱이 일상이 되는 생활에서 존경의 대상이 되고 싶었습니다. 저만 처지가 바뀌는 것은 그동안 열심히 살아온 소리꾼들의 흔적을 없애는 일입니다. 숱한 날을 같이 고생했으니 그들에게도 기회를 주셔야 합니다."

"거창한 걸 생각하는군. 소리꾼들의 삶이 한순간에 바뀔 수는 없지. 그런데 말이야, 금파 자네의 삶은 지금이라도 마음만 먹으면 바뀔 수 있네. 난 다 필요 없네. 그저 인기를 끌고 돈을 벌어줄 사람이 필요하네."

"거절하겠습니다."

말하는 순간 생각들이 곁갈래로 마구 자라났다. 그러나 뒷일이 두렵다고 해서 신념을 버릴 수 없었다. 자식까지 버린 어미가 못할 짓은 없었다.

퉁퉁 불은 젖을 속싸개로 꽁꽁 동여매고 김세종을 찾았었다. 아이는 볼모이자 삶의 끈이었다. 금파는 그 끈을 놓을 수 없었다. 아이만 포기했더라면 승윤도 얻을 수 있었다. 진즉 마음을 터놓았다면 계향도 살릴 수 있었다. 모든 게 금파 탓이었다. 원하지도 않았는데, 자신 때문에 불행한 일이 생기지 않도록 조심했는데, 피할 수 없었다. 벗어날 수 없는 숙명 같은 거였다. 불행의 씨앗.

"진짜 안 되겠는가?"

"열 번을 물으셔도 대답은 똑같습니다. 백 번을 물으셔도 대답은 똑같습니다."

"마지막으로 묻겠네. 대답에 따라 자네가 살 수도 있고 죽을 수도 있네."

"변하지 않습니다."

"고생 고생하면서 얻은 인기를 버릴 셈인가?"

"버리겠습니다."

경시총감은 의외로 순순히 입을 닫았다. 약간 화가 난 듯했으나 그렇다고 섣부른 행동도 하지 않았다. 보이를 불러 서류를 앞에 내놓았다.

"앞으로 자네는 다시는 협률사에서 공연할 수 없네. 협률사가 다른 곳으로 바뀌어도, 한성의 어느 곳에서도 공연할 수 없네. 주 영감이 원해서 고창에서도 공연할 수 없게 만들었네. 고향인 김천으로 돌아가도 공연할 수 없네. 가는 곳곳마다 큰 공연장에서는 공연할 수 없네."

'허금파 공연 금지.'

경시총감이 종이를 내밀었다. 붉은 글자가 눈에 박혔다. 눈물이 핑 돌았다.

"한 가지 더! 그동안 협률사에서 공연했던 모든 기록이 다 지워질 거네. 불순한 것들은 지워야지. 그동안 숱하게 고생했던 기록이 다 지워져도 좋은가? 지금이라도 생각을 고쳐먹는다면 원래대로 돌아갈 수 있네."

"지우십시오."

울지 않겠다고 결심했는데도 눈물은 눈치가 없었다. 두 뺨에 주르륵 눈물이 흘렀다. 서럽기도 했고 홀가분하기도 했다. 이제껏 산 세월이 종잇장으로 남는들 필요 없었다. 금파에게는 아직 성성한 목이 있었다. 무대가 사라진다고 하면 장터에서 하면 된다. 숲속에서 해도 되고 계곡에서 해도 된다. 백일 공부를 하는 내내 어디든 사람들이 몰렸었다. 나이가 들면 목소리도 힘을 잃고 변할 것이다. 하지만 김세종이 했던 말을 기억했다.

'우리 것은 하고 또 하고, 하고 또 하면 된다.'

경시총감이 보이를 불러 술상을 내놓았다. 금파가 눈물 범벅이 된 채 경시총감을 바라보았다.

"고집이 세군. 이것은 그동안 고생한 자네를 위한 거네. 한 번도 자네를 위해서 이런 걸 받아본 적은 없겠지. 내가 일본인의 도움을 받은 처지라서 일을 이렇게 진행하네만, 난 자네의 소리를 좋아했네."

경시총감이 일어섰다. 금파가 일어나서 큰절을 올렸다. 일어서지 못하고 방바닥에 엎드려 속울음을 울었다. 몇십 년 묵은 울음이 터졌다. 멈출 수가 없었다. 경시총감이 소리 없이 나갔다.

조금 진정이 되자 금파는 자신에게 술을 따랐다. 한 잔은 그동안 고생한 것을 위해서 따랐고, 한 잔은 경시총감의 위로에 감사해서 따랐고, 한 잔은 아직 소식을 알 수 없는 승윤을 위해서 따랐고, 한 잔은 죽은 계향을 위해 따랐다. 시시각각 생각나는 모든 이를 위해 술을 따르다 보니 어느새 술에 취해 곤히 잠들었다.

금파는 일찍 일어나 곱게 몸단장을 했다. 먼 길을 가야 하니 각오를 단단히 했다. 굶을 수도 있고 지쳐서 쓰러질 수도 있었다. 무대가 없으면 무대를 만들면 된다. 금파는 무대를 잃었으나 '무대'를 얻었고, 무대를 얻었으나 사람을 잃었다. 사람과 소리 중에 고르라면 망설임 없이 소리를 고를 것이다. 또 물어도 그다음에도 변함이 없을 것이다. 어디에 남겨지든 아니든 예인(藝人)으로 살았으니 슬픔도 기쁨도 없었다.

금파는 밀실을 나섰다. 경시총감이 잠들어 있을 안채 쪽을 향해 두 손을 모으고 절을 올렸다. 어느 방인지 모르나 주 영감과 이 영감이 잠들어 있을 손님방 쪽을 향해서도 절을 했다.

아침 햇살이 눈에 부셨다. 금파는 무조건 햇살이 반짝이는 곳으로 걸었다. 승윤은 심성이 곱고 밝은 사람이라 어둠보다는 빛을 좋아할 것이다. 승윤이 걸었을 그 길을 짐작대로 걷기로 했다.

금파의 머리에서 나비 떨잠이 반짝거렸다.

에필로그

      젊은 날 노인은 스스로 죽은 사람이 되어 전국을 떠돌았다. 이 땅에 살지만, 이름을 대고 살 수 없는 시절이었다. 어쩔 수 없는 선택이었다는 말로 설명하기에는 그 세월이 잔인했고 처연했다. 그것 말고는 다른 방법은 몰랐다. 안다고 해도 똑같은 선택을 했을 것이다. 죽어야 살 수 있었고, 살아도 죽은 삶이었다.

    오늘은 두루마기를 말끔히 차려입고 길을 나설 예정이다. 장날이라 사람이 많이 모일 것이다. 모양성을 지나 어느 마을에 다다르면 지난번 그 여인을 만날지도 모른다. 실체를 모르는 채 막연하게 기대할 수 없었다. 가뭄철에 논바닥이 갈라지듯 노인의 마음이 쩍쩍 갈라졌다. 자꾸만 입속에 침처럼 고여 있는 여인, 허금파를 꼭 한번 만나고 싶었다. 금파가 아니어도 괜찮다. 식음을 전폐하다시피 하자 며느리가 눈치를 봤다. 며느리는 노인의 한숨에도 눈치를 봤다.

"오늘은 장날이니 장에 갈 것이다."

"아이는 데리고 가지 마십시오. 아이가 배울까 겁납니다."

"세상이 달라졌다. 이제는 자기가 원하는 것을 하고 살 수 있는 시대이니라."

"아버님, 저는 아이가 아버님과 다른 길을 갔으면 좋겠습니다. 공부를 시킬 것입니다. 일본이 아니면 다른 나라 어디든 좀 더 넓은 세상에서 학문을 배우게 하고 싶습니다."

"아이의 뜻도 같다면 나도 그렇게 할 것이다. 허나 그렇지 않다면 나는 말릴 것이다."

노인은 다정하게 말했다. 아들은 일본으로 유학을 갔으나 아직 돌아오지 않았다. 노인보다 며느리가 더 노심초사할 것이다. 남편도 없이 하나밖에 없는 아들을 의지하며 사는 며느리에게 모진 소리를 하는 것도 예의가 아니었다.

노인은 하늘을 올려다보았다. 파란 하늘에 구름이 두둥실 떠다녔다. 가을바람이 살랑였다. 협률사를 나와 한성 사거리에서 바라보았던 하늘을 닮았다. 그때는 어디로 갈지 정확하게 길을 정할 수 없었다. 맨몸으로 거리에 나앉은 것 같았다. 자꾸만 몸이 움츠러들었다. 무릇이 다가와서 도움을 주지 않았더라면 힘들었을 것이다.

노인은 승윤으로 살던 젊은 시절로 돌아갔다.

이것 들고 가쇼.

무엇이냐?

그동안 도령께서 준 돈이오. 난 이제 이런 것은 필요 없소.

자네는 돈 때문에 사연을 사고팔지 않았는가?

돈이 필요한 게 아니라 다른 것이 필요했소.

어쩌면 자네랑 나랑은 같은 것이 필요했는지도 모르겠군.

승윤은 무릇이 주는 돈을 받았다. 무릇은 뒤도 돌아보지 않고 달렸다. 승윤은 집으로 곧장 내려가는 대신 바람처럼 구름처럼 빗물처럼 세상에 흘러다녔다.

승윤은 되도록 먼 길로 돌아 고향으로 내려갔다. 아무 데서나 잠을 잤고, 사람들이 모이는 데라면 어디든 달려가 소리를 했다. 인생의 마지막 기회라고 생각했다. 다섯 시간이고 여섯 시간이고 완창할 때까지 쉬지 않았다. 목에서 핏덩어리가 쏟아지고 목구멍에 가시가 열린 듯 침도 삼키지 못해도 소리를 멈추지 않았다.

그렇게 소리하다 마음에 드는 곳이 있으면 몇 달이고 주저앉았다. 승윤이 머무는 주막으로 사람들이 몰렸다. 주모는 공연비로 돈을 받았고 승윤은 그 돈으로 술을 사 먹었다. 무릇이 준 돈도 흥청망청 써버렸다.

무릇이 금파의 소문으로 돈을 버는 데는 승윤의 몫도 컸다. 아버지가 심부름꾼을 시켜 여기저기 소문을 모으고 그 소문으로 돈을 버는 동안 무릇을 알게 되었다. 작고 날렵한 몸짓, 구릿빛 피부가 마음에 들었다. 항상 입을 꾹 다문 채 우수에 젖어 있는 모습도 믿음직했다. 남들보다 발이 빨라 원하는 소식을 금세 물어다 주었다. 얼핏 금파와 같은 고향 출신이라는 말을 듣고서 웃돈을 주고 일꾼으로 썼다.

믿었던 무릇은 금파를 이용해서 여기저기 소문을 팔고 다녔다. 사랑했으나 사랑받지 못한 사람의 분노였다. 자제력이 강한 무릇도 사랑 앞에서는 무너졌다. 승윤도 마찬가지였다. 집안에서 쫓겨날 때는 소리가 아니면 그 어떤 것도 취하지 않겠다고 다짐했었다. 소리만 할 수 있다면 이 세상의 모든 것을 다 버려도 좋았다. 그런데 금파를 만나 달라졌다. 처음에는 호기심이었고 그 이후에는 진심이었다. 불꽃처럼 톡톡 튀는 말투와 거침없는 행동이 마음에 들었다. 천한 신분이었으나 천하지 않았다. 속엣것을 막힘없이 내뱉는 모습에 속이 시원하기도 했다.

죽을 고비를 여러 번 넘기고 고향으로 돌아왔을 때 승윤은 동리정사 앞에서 서성였다. 동리정사는 일본인의 소유가 되어 있었다. 일꾼들이 남아 있었으나 동리정사를 떠난 지 10년도 더 된 승윤을 알아보는 사람은 없었다. 김세종과 허금파에 관해 물었으나 그런 사람은 없다고 했다. 봉동댁도 없었다.

　봉동댁을 부르면 가슴 한켠이 따스해졌다. 봉동댁은 승윤을 특별하게 대해준 사람이었다. 까탈스런 성격을 잘 맞춰주었다. 자신을 낳아준 어머니가 봉동댁처럼 따스한 사람이면 좋겠다는 바람을 가진 적도 있다. 가족 하나 없는 봉동댁이 어디로 갔을지 걱정되었다. 살뜰한 성격이니 어딜 가든 환영받을 사람이었으나 나이가 많아 몸이 상하지는 않았을지 근심스러웠다.

　아버지에게는 어머니의 존재에 관해 묻지 않았다. 가끔 하인들이 하는 소리를 들으면 어머니가 가까이에 있다는 것 같았다. 아버지 쪽에서 말하지 않으니 물어도 대답해 주지 않을 것이다. 아버지는 가문 대대로 부자였으나 욕심이 끝도 없었다. 주 영감과 어울리며 해괴한 일을 벌였다. 관기들에게 아편을 팔았으며 돈이 되는 일은 어떻게든 성사시켰다. 말을 여러 번 바꾸면서도 그게 나쁜 짓인 줄도 몰랐

다. 그저 자신의 안위를 걱정하며 다 집안을 위한 일이라고
큰소리를 쳤다.

돈이면 안 되는 일 없고, 돈이면 원하는 것을 다 가질 수
도 있다. 난 자식들을 위해 이러는 거야. 이 가문을 유지하
기 위해서는 너희도 세상을 그렇게 살아야 한다. 결코, 거져
얻어지는 법은 없다. 싸워서 이겨야 하고 그래도 안 되면
남의 것이라도 빼앗아야 한다.

형님은 아버지의 뜻을 고분고분 따랐다. 아버지가 억지
를 써도 거절하는 일을 본 적이 없다. 가문에서 정해준 여
자와 결혼을 했고 딸을 낳았다. 아버지의 성화에 두 번째
부인을 두고도 아이를 낳았으나 전부 딸이었다. 아버지가
기댈 수 있는 곳은 둘째 아들이었다. 노인은 아들 우진을
생각했다. 본인의 아들이지만 호적에는 형님의 아들이었다.
형님은 우진을 살뜰히 보살폈다. 일본으로 유학 가겠다는
말에 내켜하지 않았으나 전답을 팔아 보내주었다. 아내도
아들을 따라 일본으로 갔다. 광복 후에는 간간이 잘 있다는
편지만 보내왔다.

당신이 마음에 품은 사람이 누구인지 모르나 마음이 안
되면 몸이라도 붙잡아 두겠소.

어디선가 아내가 보고 있는 것 같았다. 노인은 잠시 멈추

어 주위를 두리번거렸다. 누구에게도 마음을 줄 수 없었던 시절, 아내는 노인이 다른 곳으로 가는 것을 허락하지 않았다. 마음이 없어도 옆에 있기를 원했다.

집으로 돌아오자마자 아버지는 마을 잔치를 했다. 죽다 살아온 아들이었으니 아버지의 기쁨은 이루 말할 수 없었다. 마을에는 일본인들이 들어와 있었다. 아버지는 일본인 앞에서 아들 자랑을 했다.

우리 아들이 그 유명한, 거기 있잖습니까, 협률사에서, 무대 이름은 소춘대라고 했던가? 여하튼 그곳에서 유명한 사람이었지요.

아들이 판소리를 하는 것을 싫어했던 아버지였으나 일본인들 앞에서는 판소리를 권했다. 살아 돌아온 사람을 위한 자리가 아니라 일본인에게 아들을 소개하는 자리였다. 일본인들은 판소리를 듣고 싶어 했다.

이윽고 마을에서 가장 영향력 있는 일본인의 딸과 결혼했다. 나라와 문화가 다른 여인은 앙칼지고 똑똑했다. 현명했다. 아들을 낳았음에도 조선의 법도에 따라 큰형님의 호적에 올려야 한다고 말했을 때 시원하게 허락해 주었다. 노인의 마음이 다른 곳에 가 있다는 걸 알면서도 몸만 붙잡아 둘 수 있다면 문제가 되지 않는다고 했다. 일본이 전쟁에서 끝까지 이길 거라는 희망을 놓지 않았다. 그랬던 사람이 전쟁에서 일본이 기운다는 소식을 듣고는 아들만 데리고 고향으로 가버렸다. 며느리의 완강함에 손자를 두고 아들만 데리고 떠났다. 말은 아들을 위한 유학이라고 했으나 아들을 일본인으로 만들려는 의지가 강했다.

　장날이었으나 날씨 탓인지 사람이 드물었다. 노인은 대장장이를 찾아가 순옥의 소식을 물었다. 대장장이는 여전히 돌아오지 않은 딸 걱정에 시무룩해 있었다. 노인은 대장장이의 어깨를 토닥였다.

　"자네 혹시 저쪽 마을에서 판소리를 하는 노파를 본 적이 있는가?"

　"글쎄요."

　"자네는 장을 따라 여기저기 오가니 아는가 해서."

　"맞다. 지난번에 장에 갔다가 그쪽 마을 장사꾼에게 들은 적이 있습니다. 제가 어르신이 소리해 주신다고 자랑했더니 자기 마을에도 그런 여인이 있다고 했습니다."

　"어디인가?"

　"숲정이 할아버지 당산나무 쪽 있잖습니까. 옛날에 양조장이 있던 곳 말입니다. 그곳에 소리꾼들이 모여 있다고 해요."

"고맙네."

"오늘은 판소리를 안 해주십니까?"

노인은 숲정이 쪽으로 향했다. 대장장이의 투덜거림이 신경 쓰였으나 여인을 만나는 게 우선이었다. 오늘 만나지 못하면 영영 만나지 못하리라는 생각이 들었다. 이런 예감은 늘 맞았다. 하늘의 기운을 몸과 마음으로 체득하는 것 같았다. 설명할 수는 없었으나 저절로 느껴졌다.

5리를 걸어 마을 입구에 당도했다. 당산나무 아래서 여인이 판소리를 하고 있었다. 그 주변에는 마을 사람들이 빙 둘러앉아 장단을 맞추고 있었다. 추임새를 넣거나 눈물을 짓는 사람도 있었다. 노인은 소리가 끊기지 않게 조심히 다가갔다.

춘향은 홀로 누어 낭군 생각 우는 말이, "야속한 우리 님은 한 번 이별 돌아간 후 내 생각을 잊었는가 몽중에도 아니 온다. 잠아, 오너라. 꿈아, 오렴으나. 꿈속에서나 만나보자. 이팔 시절 젊은 몸이 내가 무슨 죄가 지중(至重)하여 옥중 고혼이 된단 말가. 나 죽기는 설지 않되 백발 노친은 뉘가 맡으며 우리 낭군 언제 보리."

뒷모습이지만 작은 어깨에 단단한 체구를 가진 것으로
보아 금파를 닮았다. 곱게 쪽 찐 머리에는 노인이 선물한
나비 떨잠이 있었다. 햇살에 반짝이는 나비를 보자 마치 여
인이 노인의 품 안에 있는 것처럼 마음이 팔랑거렸다.

노인은 여인과 소리를 맞추었다. 느닷없는 노인의 등장
에 사람들이 술렁였다. 노인은 천천히 여인의 앞으로 다가
갔다. 여인은 소란에도 소리를 멈추지 않았다. 낯선 침입자
에게 고개를 돌렸다. 두 눈빛이 스쳤을 때 번개보다 강렬한
불빛이 반짝였다. 두 사람의 소리는 끊어질 듯하면서도 오
래도록 이어졌다.

고창신재효문학상 심사평

'제1회 고창신재효문학상'은 제한이 있다. '산·들·강·
바다가 조화를 이룬 천혜의 자연환경과 고인돌 문화와 마
한 문화를 꽃피운 한반도 고대 문화의 중심지요, 유구한 역
사를 통해 세계유산을 창조한 자랑스러운 땅 고창! 우리 고
창의 이야기를 다양한 문화 콘텐츠로 담을 수 있는 장편소
설', 한마디로 '고창의 역사·자연·지리·인물·문화 등을
소재와 배경으로 한 작품'이어야 한다.

공모 취지대로 고창을 담은 다양한 작품이 응모되었다.
물론 고창과는 전혀 상관이 없는 이야기거나, 이미 썼던 소
설에 고창 관련 자료를 급하게 끼워 넣은 작품도 적지 않았
다. 하지만 치열한 자료 공부와 고창에 대한 존중과 애정과
에너지로 쓰인 작품이 더 많았다.

아예 고창의 역사문화 자료집이나 논문을 방불케 하는

작품, 선사시대를 우화적으로 조명한 작품, 고창읍성의 축성 비밀을 찾는 작품들이 있었다. 당연하겠지만 가장 많은 작품은 '동리정사' 소리꾼들이 주인공이었다. 고창의 상징과도 같은 동리 신재효, 동리정사의 제일 소리 선생 김세종, 최초이자 최고의 여성 소리꾼이었던 진채선과 허금파 등등 고창의 자랑인 전설적인 소리꾼들의 이야기였다.

장편 공모전의 가장 큰 문제는 예심 과정에서 지나치게 편의적·취향적·단편적 심사가 이루어진다는 것이다. 워낙 많은 작품이 응모된다. 그것을 예심위원들이 수십 편씩 나눠 보고 한두 편만 본심에 올린다. 즉 충분히 당선을 다툴 만한 좋은 작품일지라도 어떤 예심위원의 개인적인 시각과 기호와 취향에 의해 본심에 올라가 보지도 못하고 탈락될 수 있다. 일단 본심에 오르면 여러 본심위원이 다 같이 읽고 토론 과정을 거치니 공정한 심사를 받을 수 있지만, 앞서 예심을 통과하는 일 자체가 어려운 것이다.

그런 의미에서 '제1회 고창신재효문학상' 심사는 매우 공정하게 이루어졌다. 분명한 제한 때문에 여타의 장편 공모전에 비해 적은 작품이 응모되었고, 다섯 명의 심사위원이 1차(예심)부터 모든 작품을 다 읽고 각각 빼어나다고 생각한 소설 한두 편씩을 가려 모았다. 그 결과 2차(본심)에서 총 네

작품을 심도 있게 논의했고, 어렵지 않게 당선작을 선정할
수 있었다.

『경성, 모던보이』는 일제강점기를 배경으로 한 웰메이
드 팩션 드라마를 보는 듯했다. 시인 '김상흠'을 중심으로
1930년대 문학인과 지식인들의 연애, 모던한 생활·교육·
문화, 독립운동 등을 다루었다. 산만한 구성과 감정 과잉의
문체가 걸렸지만 읽는 재미는 있었다. 현진건, 이상, 김유정
등이 고뇌와 열정을 나누는 장면들은 특히 인상적이었다.
그러나 이 작품은 제일 먼저 논의에서 제외되었는데, 주인
공격인 시인 김상흠이 고창 태생이라는 점 빼고는 고창을
역사와 소재로 한 작품이라고 보기 어려웠기 때문이다. 고
창을 다루지 않았음에도 불구하고 매우 탁월한 성취를 이
룬 작품이라면 다른 각도의 논의가 가능했겠지만 그 정도
는 아니었다.

당선작 외에 집중적으로 토론된 세 작품은 공통의 단점
이 있었다. 작품에 도움이 되지 않는 프롤로그로 시작하고
있다는 것. 오래된 역사를 소재로 하되 현대와의 접점을 가
져야 한다는 강박에서 빚어진 현상일 테다. 앞으로 하게 될

이야기를 왜 하려는지, 왜 할 수밖에 없는지를 강렬하게 인상 깊게 함축적으로 쓰는 것이 프롤로그일 텐데, 세 작품의 프롤로그는 차라리 없는 게 좋았다.

『연꽃, 100년 만에 피다』는 '조일전쟁 7년 동안 전쟁터 근처에 한 번도 가본 적 없는 임금 대신 왜군과 싸운 무장, 흥덕, 고창 백성들의 이야기'이다. 전쟁 상황을 효율적으로 정리해 나가며, 간혹 사극 대화문치고는 매우 독특한 경지를 보여주기도 하고, 특히 의병이 중심이 된 전투 장면들을 실감나게 조명했다. 조일전쟁을 다룬 무수한 소설이 있었지만 고창 의병들의 이야기를 전면적으로 깊게 다룬 작품은 거의 없었기에, 고창의병사는 희귀하고 소중하다. 그래도 임진전쟁사의 일부라는 느낌을 지울 수가 없다. 충실한 자료 공부를 바탕으로 거대한 서사를 박진감 있고 개성 있게 전개하는 것은 높이 살 만했지만, 소설보다는 역사 강의에 가까웠다.

『예인』은 근대사를 풍부한 이야기로 조명한 역작이다. 동리정사가 배출한 제일 여성 소리꾼 진채선보다, 알려지지 않은 고창 인물 '홍낙관'이 주인공이다. 미지의 인물 홍낙관을 갑신정변의 숨은 혁명가, 동학농민전쟁의 영웅호걸, 동학재건의 주동자 등 근대사의 주요한 인물로 조명하고 형상해 냈다. 신재효와 진채선의 러브스토리 영화 〈도리화가〉를 전면적으로 부정하고, 진채선과 홍낙관이라는 참신하고 새로운 연인을 창출했다. 그렇지만 자료를 심도 있게 공부하여 독창적인 이야기로 재창출하는 소설들이 왕왕 그렇듯이, 가독성이 부족했다. 뛰어난 문장력에도 불구하고 소설을 읽는다기보다 대중적인 글쓰기 형태의 인문학서를 읽는 듯했다.

『비비각시』(『금파』의 원제)는 동리정사 출신 여성 소리꾼 '허금파'의 이야기다. '한곳에 머물지 않고 떠돌아다녀야 했던 유랑의 삶'을 살았던 허금파는 한국민족문화대백과에 "철종 때 전라도 고창에서 태어났다. 어려서 김세종(金世宗) 문하에서 판소리를 공부하여 진채선(陳彩仙)에 이어 여자 판소리 명창의 선구자가 되었다. 1900년 광무대(光武臺) 협률사(協律社) 공연에 참가하였고, 1903년 원각사(圓覺社) 창극 공연에 참가하여 〈춘향전〉에서 월매 역을 하였다"라고 나오는 여인이다.

한국민족문화대백과의 몇 줄이 뼈라면, 『비비각시』는 그

뼈에 이야기 살을 붙이고 감성이라는 피를 불어넣은 역작이다. 허금파가 동리정사에서 소리를 배우던 시절부터 한성에서 창극 공연에 참가하던 중 사라질 때까지의, 인생에서 가장 중요한 때를 포착한 사진첩 같은 연작의 형태를 취한다.

이 작품의 가장 큰 매력은 우리 역사소설에서 이제껏 보지 못한 '허금파'라는 개성적 인물을 강렬하게 창출해 냈다는 점이다. 과장되게 말하면, 허금파는 '효심의 심청이, 지성과 미모를 겸비한 황진이, 사랑의 아이콘 춘향이, 애국심의 논개, 영웅 박씨부인, 지적 시인 허난설헌, 현모양처 신사임당'을 모두 합쳐놓은 듯한 여성이다.

'비비각시' 허금파는 효성이 깊으며 지성과 미모를 겸비했고, 소리에 대한 자부심이 도도하고, 진정한 소리꾼이 되기 위한 열정이 뜨겁고, 양반 출신 소리꾼 이승윤에 대한 사랑은 애절하며, 한양 권력자들과 상종할 때는 애국적이고 호걸스럽다. '신파'라는 약점을 넘어서는 에너지가 도저하다.

문장력과 이야기의 풍부함이 돋보이는 『예인』과 허금파라는 개성적 인물을 강렬하게 창출해 낸 『비비각시』를 두고 최종 논의했다. '제1회 고창신재효문학상'이라는 이름과 공모 취지에 더 부합하는 작품을 우선하기로 했다. 문학적인 성취가 수반되어야겠지만, 고창을 세상에 널리 알릴 작품이 되기 위해서는 우선 읽혀야 할 것이다. 허금파라는 인물의 영혼을 그려낸 듯하며, 고창의 자랑 무형문화재 '소리'의 역사성과 정체성을 은근하게 증명한 『비비각시』를 당선작으로 결정했다. 『예인』의 작가에게는 다른 기회를 응원하고, 당선자에게는 축하드리며 앞으로도 많이 써주기를 부탁드린다.

제1회 고창신재효문학상 심사위원

이병천, 정지아, 박영진, 방민호, 김종광

어릴 적 산속에서 10년을 살았다. 마을에서 가장 높은 곳이었는데 뒷문만 열면 숲으로 가는 길이었다. 산속에 살아서 유독 '소리'에 민감하다. 숲은 세상의 소리가 꺼지고 야생의 소리가 들리는 곳이다. 산짐승들과 바람의 소리를 듣고 자라서인지 저절로 자연을 좋아하게 되었다. 그런데 어느 날부터인가 소리가 바뀌었다. 아버지 말로는 고창에서 유명한 소리꾼을 스승으로 모시고 동네 아저씨들이 소리를 배운다고 했다. 동네에서 멀리 떨어진 우리 집은 '소리'하기에 적합한 장소였다.

아버지는 이미 동네에서 유명한 '풍류 대장'이었다. 장구를 잘 치는 데다 소리까지 배운다고 하니 집 안은 조용할날이 없었다. 아버지는 소리를 배운 뒤로 장구 대신 북을 잡았다. 쉬는 날이면 온종일 마루에 앉아 소리를 했다. 일할 때도 소리를 했고, 잠자리에 들 때나 아침에 눈 뜰 때도 마찬가지였다. 술을 마시고 산으로 올라오실 때면 한 맺힌 아버지의 소리가 길에 가득했다.

아버지가 어느 날 소리를 그만하겠다고 한 적이 있다. 소리 경연에 나갔다가 2위를 한 뒤였다. 자신의 능력이 부족해서라며 신세 한탄을 하시더니 한참을 절망에 빠져 있었다. 절망에 빠진 아버지는 모든 탓을 가족에게 돌렸다. 그 시간은 가족들에게도 절망이었다. 그 뒤로 아버지는 회복되어 소리를 계속하셨고, 돌아가실 때까지 40년 가까이 소리는 아버지의 전부였다.

아버지의 재능을 가장 많이 닮은 나는 아버지가 돌아가신 후 가장 먼저 장구를 챙겼다. 아버지가 세상을 뜨신 뒤로 아버지를 생각하게 되었다. 소리를 좋아했던 아버지를 위해 판소리 소설을 쓰려고 준비했으나 아버지에 대한 미움 때문에 쓸 수 없었다. 게다가 소설을 쓰는 것도, 소설가로서 사는 것도 버티기 힘들어 매일 밤 불면에 시달렸다. 생업과 병행하며 내 속도로 천천히 가자고 다짐해도 번번이 무너졌다. 그때마다 '아버지의 절망 시간'이 떠올랐다. 아버지도 지금 내 마음처럼 오롯이 예술가로 살고 싶지 않으셨을까

하는 생각이 들자 괴로움에 불면은 더 짙어졌다. 그러던 중 우연히 '고창 신재효 문학상' 공모를 보게 되었다.

시조창꾼으로서 아버지의 삶을 들여다보며 고창에 관련된 소재를 찾던 중 '허금파'를 만나게 되었다. 허금파는 판소리 최초의 여성 명창인 진채선 이후에 이름을 날린 인물이다. 소리꾼으로의 활동 기간이 진채선보다 길지만 최초가 아니기 때문인지 그녀에 관한 기록은 많지 않았다. 책이나 논문의 기록도 명확한 것은 없었다.

허금파는 경북 김천 출생으로, 20대에 판소리를 하기 위해 고창에 왔다는 기록이 가장 믿을 만하다. 이주할 때 이미 결혼한 유부녀였고 우리나라 최초의 국립 연희극장인 협률사에서 공연할 때는 이미 30대 중반이었을 것으로 추정된다. 그 당시 〈춘향전〉에서 월매 역을 맡았던 금파가 특히 '옥중가'를 잘 불렀다는 기록이 남아 있을 뿐 활동에 관한 다른 기록은 많지 않다.

허금파에게는 천한 신분의 나이 많은 유부녀, 기생 출신, 후처, 시대를 잘못 만난 불운의 소리꾼 등의 수식어가 따라온다. 나는 소설 속에서나마 허금파의 굴레를 벗겨주고 싶었다. 예술가로서 어떠한 상황에도 굴하지 않고 자신만의 길을 가도록 해주고 싶었다. 그건 내가 가고 싶은 길이자 아버지가 가고 싶었던 길일 것이다.

그런 의미에서 나는 소설에서 금파와 아버지를 만나게 해주었다. 아버지 이름은 '옥봉 김준기'이다. 금파가 한성에 올라와 만난 어린 준기는 〈춘향전〉에서 주인공 성춘향을 맡았던 인물이다. 나는 아버지에게도 최고의 순간을 드리고 싶었다. 그래서 『금파』를 쓰는 동안 나와 아버지, 허금파가 함께 걸었다.

소설을 쓰는 동안 눈물을 멈출 수 없었다. 금파가 겪었던 절망의 시간이 내게도 절망이 되었다. 그건 그 옛날 아버지의 절망이기도 했다. 특히 아버지를 예인으로 인정하지 못하고 원망했던 시간이 생각나 비통했다. 우리는 셋이서 껴안으며 같이 울었고 상처를 보듬었다. 아버지와 금파가 내 등을 두드리며 마지막까지 함께 가주었기에 소설을 마무리할 수 있었다.

누군가 이 이야기를 듣더니 내가 허금파를 쓴 것이 아니라 금파가 나를 선택해 자신을 쓰게 했다고 말했다. 어쩌면 그 말대로 허금파가 나를 불러 세상에 다시 나오려 했는지도 모르겠다. 이번 일로 비로소 지난 상처와도, 아버지와도 화해한 느낌이다.

『금파』는 허금파를 소재로 한 소설이다. 허금파의 출생과 가족 관계 모두 허구임을 밝힌다. 소설을 읽는 것은 독자의 몫이지만 예술가로서 자신의 길을 묵묵히 걸어간 금파를 꼭 만나주시길 바란다. 금파가 오롯이 "나는 나요. 누구의 뒤를 밟지 않고 오롯이 나로 남을 거요"라고 외칠 수 있었던 만큼 나 역시 남들과 비교하지 않고 소설가로서 나만의 소설을 써나가겠다고 다짐한다.

허금파를 『금파』로 세상에 나와 다시 이름을 알릴 수 있게 해주신 고창군과 심사위원들에게 감사하다. 책을 엮어주신 다산북스에도 감사의 말씀을 드린다. 수상 소식을 듣고 기뻐해 주신 스승 문순태 교수님과 이기호 교수님, 여러 작가님과 동료들에게도 감사를 드린다.

2022년 2월

김해숙

판소리 인용 출처

22~23쪽   윤석달, 『명창들의 시대』, 작가정신, 2006년, 83쪽

30쪽   신재효, 『신재효의 가사』, 정병헌 옮김, 지식을만드는지식, 2021년, 336쪽

46~47쪽   정노식·정병헌, 『교주 조선창극사』, 태학사, 2020년, 234~235쪽

55쪽   최혜진, 『신재효 판소리 사설집』, 민속원, 2012년, 175쪽

100쪽   정노식·정병헌, 같은 책, 78쪽

150쪽   신재효, 같은 책, 216쪽

150~151쪽   신재효, 같은 책, 330쪽

215쪽   정노식·정병헌, 같은 책, 273쪽

249~250쪽   정노식·정병헌, 같은 책, 272쪽

조선의 마지막 소리

금파

초판 1쇄 인쇄 2022년 2월 16일
초판 1쇄 발행 2022년 2월 24일

지은이 김해숙
펴낸이 김선식

경영총괄 김은영
책임편집 정다움 **디자인** 박수연 **책임마케터** 배한진
콘텐츠사업6팀장 이호빈 **콘텐츠사업6팀** 임경섭, 박수연, 한나래, 정다움
마케팅본부장 권장규 **마케팅3팀** 이미진, 배한진
미디어홍보본부장 정명찬 **홍보팀** 안지혜, 김민정, 이소영, 박재연, 오수미
뉴미디어팀 허지호, 박지수, 임유나, 송희진, 홍수경
저작권팀 한승빈, 김재원 **편집관리팀** 조세현, 백설희
경영관리본부 하미선, 박상민, 윤이경, 김소영, 안혜선, 김재경, 최완규, 이우철, 김혜진, 이지우, 오지영

펴낸곳 다산북스 **출판등록** 2005년 12월 23일 제313-2005-00277호
주소 경기도 파주시 회동길 490 다산북스 파주사옥
전화 02-704-1724 **팩스** 02-703-2219
이메일 dasanbooks@dasanbooks.com
홈페이지 www.dasan.group
블로그 blog.naver.com/dasan_books
용지 IPP **인쇄 및 제본** 한영문화사 **코팅 및 후가공** 평창피엔지

ISBN 979-11-306-8041-5 (03810)